Lewis Carroll
Alice no País das Maravilhas

Tradução
Maria Filomena Duarte

Leya, SA
Rua Cidade de Córdova, n.º 2
2610-038 Alfragide • Portugal

Todos os direitos reservados.

Título: Alice no País das Maravilhas
© 2000, Publicações Dom Quixote
© 2009, Leya, SA

Capa: Rui Belo/Silva!designers

1.ª edição BIS: Janeiro de 2009
3.ª edição BIS: Agosto de 2013
Paginação: Guidesign
Revisão: Clara Joana Vitorino
Depósito legal n.º 283 608/08
Impressão e acabamento: BLACKPRINT, a cpi company, Barcelona

ISBN: 978-989-653-005-1

http://bisleya.blogs.sapo.pt

Índice

I Na Toca do Coelho   7
II A Poça das Lágrimas   15
III Uma Maratona Eleitoral e Uma Longa História   25
IV O Coelho Manda Um Pequeno Lagarto   33
V Conselhos de Uma Lagarta   43
VI O Porco e a Pimenta   55
VII Um Lanche Maluco   67
VIII O Campo de «Croquet» da Rainha   77
IX A História da Falsa Tartaruga   89
X A Dança das Lagostas   99
XI Quem Roubou as Tortas?   109
XII O Depoimento de Alice   117

Uma Saudação Pascal   127
Saudações de Natal   131
Apêndice   133

I

NA TOCA DO COELHO

Alice começava a sentir-se muito cansada por estar sentada no banco, ao lado da irmã, e por não ter nada que fazer. Mais do que uma vez espreitara para o livro que a irmã estava a ler, mas este não tinha gravuras nem conversas... «E para que serve um livro que não tem gravuras nem conversas?», pensou Alice.

Tentava chegar à conclusão (com grande esforço, pois o dia quente fazia-a sentir-se muito sonolenta e estúpida) se o prazer de fazer um colar de margaridas a compensaria da maçada de ter de levantar-se e colher as flores, quando, de súbito, um Coelho Branco de olhos rosados passou por ela, a correr.

Não havia nisso nada de muito especial. Nem tão--pouco Alice estranhou ouvir o Coelho dizer para si próprio: «Meu Deus! Meu Deus! Vou chegar tão atrasado!» (Mais tarde, quando pensou nisso, ocorreu-lhe que deveria ter-se admirado, mas naquela altura tudo lhe pareceu muito natural.) Mas, no preciso momento em que o Coelho *tirou um relógio do bolso do colete*, olhou para ele e começou a correr mais depressa. Alice pôs-se em pé de um pulo, pois lembrou-se que nunca vira um coelho de colete nem de relógio. Ardendo de curiosidade, começou a correr: pelo campo, atrás dele, felizmente mesmo a tempo de o ver desaparecer no interior de uma grande toca que havia debaixo da sebe.

No mesmo instante, Alice desceu atrás dele, sem pensar sequer como poderia voltar a sair.

Lá dentro, a princípio, o caminho era a direito, como um túnel, mas depois, de repente, havia uma descida tão pronunciada que Alice nem teve tempo de pensar em parar senão quando deu consigo a cair num poço muito fundo.

Ou o poço era muito fundo ou ela caiu muito devagar, pois teve ocasião de olhar à sua volta e interrogar-se sobre o que iria passar-se a seguir. Em primeiro lugar, tentou lobrigar qualquer coisa lá em baixo e perceber para onde ia, mas estava demasiado escuro; depois, olhou para as paredes do poço e verificou que estavam cheias de armários e de prateleiras: aqui e ali havia mapas e desenhos presos por pequenas estacas. Ao passar, retirou um frasco de uma das prateleiras. Lia-se no rótulo «Doce de laranja», mas, muito decepcionada, Alice viu que ele estava vazio. Não queria deixar cair o frasco com medo de matar alguém e, ao passar por um dos armários, conseguiu enfiá-lo lá dentro.

«Bem», pensou Alice, «depois de uma queda como esta, nunca mais terei medo de cair nas escadas! Como me acharão corajosa, lá em casa! Ora, não lhes contaria nada disto, mesmo que caísse do telhado!» (O que provavelmente era verdade.)

Para baixo, cada vez mais para baixo. Nunca mais chega o fundo!

– Que distância terei já percorrido? – perguntou Alice, desta vez em voz alta. – Devo estar a aproximar-me do centro da Terra. Ora vejamos, já devo ter descido umas quatro mil milhas, suponho... – (pois Alice aprendera algumas coisas deste género na escola, e, embora esta oportunidade não fosse a melhor para exibir os seus conhecimentos, uma vez que ninguém estava a ouvi-la, sempre ia praticando ao repetir) – ... sim, deve ser mais ou menos isso... Mas qual a latitude e a longitude a que estarei? – (Alice não fazia a mais pequena ideia do que era a latitude ou a longitude, mas achava que eram palavras bonitas e grandiosas.)

Pouco depois, recomeçou:

– Quem me dera saber se estou mesmo a atravessar a Terra! Como seria divertido ver pessoas a andarem de cabeça para baixo! Os antípodas, creio que é assim que se diz... – (desta vez ficou muito contente por não estar ninguém a ouvi-la, pois a palavra não lhe soou bem) – ... mas terei de perguntar-lhes como se chama o país. Por favor, minha senhora, estamos na Nova Zelândia ou na Austrália? – (E tentou fazer uma vénia enquanto falava, tanto quanto é possível fazer uma vénia quando vamos a cair no ar! Acham que é possível?) – E como pensará que sou ignorante por fazer esta pergunta! Não, perguntar não dá resultado... Talvez veja o nome escrito em qualquer lado.

Para baixo, cada vez mais para baixo. Como não havia mais nada para fazer, Alice começou de novo a falar:

– Aposto que Dinah irá sentir muito a minha falta, esta noite! – (Dinah era a gata.) – Espero que não se esqueçam de lhe dar o seu prato de leite, à hora do lanche. Minha querida Dinah! Quem me dera que estivesses aqui comigo! No ar não há ratos, infelizmente, mas podias caçar um morcego, que é muito parecido com um rato, sabes? Será que os gatos comem morcegos?

Nesta altura, Alice começou a sentir-se bastante sonolenta e continuou a falar sozinha, como se estivesse numa espécie de sonho:

– Os gatos comem morcegos? Os gatos comem morcegos?

E às vezes:

– Os morcegos comem gatos?

Como as suas perguntas não obtinham resposta, não interessava o modo como as fazia. Sentia que estava a dormitar, e começara a sonhar que caminhava com Dinah pela mão e que lhe perguntava com um ar sério: «Dinah, diz-me a verdade: Já alguma vez comeste um morcego?», quando, de repente... Pum, catrapus! Caiu num monte de ramos e de folhas secas e ali ficou.

Alice não sofreu uma única beliscadura e pôs-se em pé no mesmo instante. Olhou à sua volta mas estava escuro. Na sua frente havia outro longo corredor onde se via o Coelho Branco, sempre a correr. Não havia um momento a perder: rápida como o vento, Alice foi no

seu encalço, mesmo a tempo de o ouvir dizer, ao dobrar uma esquina:

— Ai, os meus bigodes e as minhas orelhas! Está a fazer-se tão tarde!

Alice estava quase a alcançá-lo, mas quando dobrou a esquina não havia traços do Coelho. Deu consigo num átrio baixo e comprido, iluminado por uma fila de lâmpadas suspensas do tecto.

À volta do átrio havia uma série de portas, mas estavam todas fechadas à chave. E quando Alice acabou de percorrer o trio, de um lado ao outro, tentando todas as portas, encaminhou-se tristemente para o centro, sem saber como conseguiria voltar a sair dali.

De repente, deparou com uma pequena mesa de três pés, toda de vidro sólido; não tinha nada em cima, excepto uma minúscula chave dourada, e o primeiro pensamento de Alice foi que ela poderia pertencer a uma das portas. Mas — que pena! — ou as fechaduras eram demasiado grandes ou a chave era demasiado pequena, mas de qualquer modo não servia para abrir nenhuma delas. No entanto, numa segunda volta, reparou numa cortina baixa que não vira antes, por detrás da qual havia uma pequena porta com cerca de trinta centímetros de altura. Alice tentou enfiar a pequena chave dourada na fechadura e ficou deliciada ao ver que ela servia ali!

Abriu a porta e descobriu que esta dava acesso a um pequeno corredor, não muito maior do que a toca de um rato. Ajoelhou-se e, ao espreitar pelo corredor, viu do outro lado o mais encantador dos jardins. Como ansiava por sair daquele átrio escuro e passear por entre aqueles canteiros de flores de cores vivas e aquelas fontes de água fresca!... Mas nem sequer a cabeça lhe cabia no buraco. «E mesmo que coubesse», pensava a pobre Alice, «de que serviria sem os ombros? Oh, como eu gostava de poder fechar-me como um telescópio! Acho que poderia, se soubesse como começar!» Na verdade, tantas coisas extraordinárias se tinham passado recentemente que Alice começava a convencer-se de que poucas seriam as impossíveis de realizar.

Tudo indicava que não valia a pena ficar à espera junto da pequena porta, por isso, Alice voltou para a mesa, na esperança de encontrar ali outra chave ou um livro de instruções para ensinar as pessoas a fecharem-se como se fossem telescópios, mas desta vez o que achou foi uma pequena garrafa («que decerto não estava ali antes», pensou) que, à roda do gargalo, tinha um rótulo de papel, onde podia ler-se em letras grandes e maravilhosamente impressas: «BEBE-ME».

Tudo isso estava muito certo, mas a pequena Alice, que era ajuizada, não ia beber *aquilo* assim à pressa.

– Não, primeiro tenho que ver do que se trata e verificar se é *veneno*, ou não – disse.

Alice já lera várias historiazinhas sobre crianças que se haviam queimado, que tinham sido comidas por animais

selvagens e outras coisas desagradáveis, apenas porque não se tinham lembrado dos conselhos simples que os amigos lhes haviam dado, tais como: que nos queimamos se segurarmos numa tenaz incandescente durante muito tempo, ou que se fazemos um corte profundo num dedo, com uma faca, geralmente sangramos. Além disso, ela nunca esquecera que, se bebemos o conteúdo de uma garrafa que diz «Veneno», é quase certo que vimos a sofrer com isso, mais tarde ou mais cedo.

No entanto, esta garrafa não dizia «Veneno», por isso Alice aventurou-se a provar o que lá estava dentro, e achando o conteúdo muito agradável (na verdade, tinha um gosto que era uma mistura de tarte de cerejas, creme, ananás, peru assado, caramelo e torrada com manteiga) bebeu-o de um trago.

– Que sensação estranha! – disse Alice. – Devo estar a fechar-me como se fosse um telescópio.

E, na verdade, assim era: não tinha agora mais do que vinte e cinco centímetros de altura, e o rosto iluminou-se-lhe ao pensar que estava do tamanho adequado para transpor a pequena porta e encaminhar-se para aquele jardim encantador. No entanto, em primeiro lugar, esperou um pouco para ver se iria encolher ainda mais. Este pensamento deixou-a um tanto nervosa, «pois posso acabar por desaparecer completamente, como se fosse uma vela», pensou Alice, «e como ficaria eu depois?». E tentou imaginar o que acontece à chama de uma vela quando esta se apaga, pois não se lembrava de alguma vez ter reparado nisso.

Pouco depois, ao ver que não acontecia mais nada, resolveu dirigir-se para o jardim, mas – que desgraça! – quando chegou à porta, verificou que se esquecera da pequena chave dourada e, ao aproximar-se da mesa, descobriu que não chegava lá acima. Via-a claramente através do tampo de vidro e tentou tudo para trepar por uma das pernas da mesa, mas a superfície desta era demasiado escorregadia. Quando se cansou de tentar, a pobre menina sentou-se no chão a chorar.

«Anda, não vale a pena estares a chorar assim!», disse Alice com os seus botões, tentando ser corajosa. «Pára imediatamente!» Em geral, dava muito bons conselhos a si própria (embora raramente os seguisse) e, por vezes, recriminava-se severamente por as lágrimas lhe virem aos olhos. E lembrava-se de uma vez ter puxado as próprias orelhas por se ter aborrecido durante uma partida de *croquet* que jogava consigo mesma, pois esta criança singular gostava muito de fingir que era duas pessoas ao mesmo tempo. «Mas agora não me serve de nada fingir que sou duas pessoas!», pensou a pobre Alice. «Estou tão pequena que mal chego a ser uma pessoa respeitável!»

Pouco depois, os olhos caíram-lhe numa caixinha de vidro que estava debaixo da mesa. Abriu-a e viu que tinha dentro um bolo minúsculo, no qual se liam as palavras «COME-ME», lindamente desenhadas com corintos.

– Bem, vou comê-lo – disse Alice – e se ele me fizer crescer, poderei alcançar a chave. Se ele me fizer encolher, poderei passar por debaixo da porta. De qualquer maneira conseguirei chegar ao jardim e não me interessa o que possa acontecer!

Deu uma pequena dentada e interrogou-se ansiosa: «O que irá acontecer? O que irá acontecer?», com a mão na testa. Ficou bastante admirada ao verificar que continuava do mesmo tamanho – para dizer a verdade, é costume isto acontecer quando comemos bolos, mas Alice já estava tão habituada a esperar que sucedessem coisas extraordinárias que a vida lhe parecia monótona e estúpida se tudo decorresse com normalidade.

Por isso, deitou-se ao trabalho e pouco depois acabava de comer o bolo.

II

A POÇA DAS LÁGRIMAS

– Cada vez maior estranho! – exclamou Alice. (Ficou tão admirada que, naquele momento, quase esquecera por completo como se falava.) – Agora estou a crescer como se fosse o maior dos telescópios! Adeus, pés! – (pois quando olhou para os pés mal os viu, de tão longe que estavam). – Oh, meus pobres pezinhos! Quem irá agora calçar-vos as meias e os sapatos, meus queridos? Tenho a certeza que não serei eu! Estarei demasiado longe para me preocupar com vocês. Têm de arranjar-se de qualquer maneira.

«Mas tenho de ser amável para com eles», pensou Alice, «senão não andam como eu quiser! Ora bem, ofereço-lhes um par de botas novas no Natal.»

E continuou a fazer planos. «Têm de ir pelo correio», pensava, «e como vai ser divertido mandar presentes aos próprios pés! Como os endereços parecerão esquisitos!»

Excelentíssimo Senhor Pé Direito de Alice
Tapete da Lareira
   Junto do Guarda-Fogo
                (com um beijinho da Alice).

— Oh, meu Deus! Que disparates estou a dizer!

Precisamente nesse instante bateu com a cabeça no tecto do átrio: de facto, tinha agora mais de dois metros e setenta e cinco centímetros de altura. Pegou na pequena chave dourada e precipitou-se para a entrada do jardim.

Pobre Alice! Tudo o que podia fazer era ficar ali deitada, a espreitar para o jardim só com um olho, mas entrar lá era mais difícil do que nunca. Sentou-se e começou de novo a chorar.

— Devias ter vergonha! — disse Alice. — Uma menina tão crescida como tu (e bem podia dizê-lo) a chorar dessa maneira! Cala-te imediatamente!

Mas continuou a chorar, vertendo litros e litros de lágrimas, até que se formou uma grande poça à sua volta, com cerca de dez centímetros de profundidade, e que chegava a meio do átrio.

Algum tempo depois, ouviu um ligeiro ruído de passos, à distância, e enxugou os olhos à pressa para ver o que lá vinha. Era o Coelho Branco que voltava, esplendidamente vestido, com um par de luvas brancas de pele numa das mãos e um grande leque na outra. Vinha a correr, numa grande azáfama, dizendo baixinho:

— Oh, a Duquesa! A Duquesa! Vai ficar furiosa por eu a fazer esperar!

Alice sentia-se tão desesperada que estava pronta a pedir ajuda a quem quer que fosse. Por isso, quando o Coelho se aproximou dela, começou a dizer, com uma voz tímida:
– Por favor, senhor…

O Coelho deu um salto violento, deixou cair as luvas brancas de pele e o leque, e desapareceu na escuridão, o mais depressa que pôde.

Alice apanhou o leque e as luvas, e, como estava muito calor no átrio, começou a abanar-se, ao mesmo tempo que dizia:
– Meu Deus! Como tudo é estranho, hoje! E ainda ontem as coisas corriam como de costume. Será que me

modifiquei durante a noite? Ora deixa-me pensar: esta manhã quando me levantei eu era a mesma? Tenho a impressão de que me lembro de sentir-me um pouco diferente. Mas se não sou a mesma, quem sou eu afinal? Ah, esse é o grande quebra-cabeças!

E começou a pensar em todas as crianças da sua idade que conhecia, para ver se teria sido trocada por alguma delas.

– Tenho a certeza que não sou a Ada – disse – porque o cabelo dela tem uns caracóis muito compridos e o meu não tem nem um; e também não posso ser a Mabel porque eu sei tudo e ela sabe muito pouco! Além disso, *ela* é ela, e *eu* sou eu. Meu Deus, como tudo isto é confuso! Vou experimentar se sei tudo aquilo que sabia. Ora vejamos: quatro vezes cinco são doze, quatro vezes seis são treze, e quatro vezes sete são... Meu Deus! Por este andar, nunca mais chego aos vinte! Mas a tabuada não é importante. Vamos tentar a geografia. Londres é a capital de Paris, Paris é a capital de Roma e Roma... Não, isto está tudo errado, tenho a certeza! Devo ter sido trocada pela Mabel! Vou tentar recitar «*Como o pequeno...*»

E Alice cruzou as mãos no regaço, como se estivesse a repetir as lições, e começou a recitar, mas a voz saía-lhe rouca e esquisita, e as palavras não pareciam as mesmas:

«Como o pequeno crocodilo
Exibe a cauda brilhante
E agita as águas do Nilo
Nos seus reflexos dourados
Como parece alegre,
Como estende as suas garras
E acolhe os peixinhos
Nas mandíbulas sorridentes!»

– Tenho a certeza que não são estas as palavras certas – disse a pobre Alice, e os seus olhos voltaram a encher-se de lágrimas ao continuar. – Afinal, devo ser a Mabel. Vou ter de passar a viver naquela casa acanhada, a não ter brinquedos e, oh! tantas lições para aprender! Não, tomei uma decisão. Se sou a Mabel, ficarei aqui em baixo! Não servirá de nada enfiarem a cabeça aqui em baixo e dizerem: «Volta para cima, minha querida!» Nessa altura, olho para cima e respondo: «Quem sou eu, então? Digam-me primeiro, e, depois, se eu gostar de ser essa pessoa, volto para cima. Se não, fico aqui em baixo até me transformar noutra pessoa qualquer...» Mas, valha-me Deus! – exclamou Alice com um súbito acesso de choro. – Quem me dera que eles enfiassem a cabeça aqui em baixo! Estou tão cansada de estar aqui sozinha!

Ao dizer isto, olhou para as mãos, e ficou admirada ao ver que calçara uma das pequenas luvas brancas do Coelho enquanto estivera a falar. «Como posso ter feito uma coisa destas?», pensou. «Devo estar a encolher outra vez.» Levantou-se e dirigiu-se para a mesa para comparar o seu tamanho com o dela. Descobriu que, pelos seus cálculos, devia ter agora cerca de sessenta centímetros de altura, e que estava a encolher com rapidez. Em breve

chegou à conclusão de que o causador de tudo isto era o leque que tinha na mão. Atirou-o depressa para o chão, mesmo a tempo de evitar desaparecer por completo.

– Foi por um triz! – disse Alice, bastante assustada com aquela mudança tão rápida, mas muito contente por sentir que continuava viva. – E agora, para o jardim!

Mas – que desgraça! – a pequena porta fechara-se outra vez e a chavezinha dourada continuava em cima da mesa. «As coisas estão piores do que nunca», pensou a pobre criança, «porque eu nunca fui tão pequena como sou agora! E isto é mesmo muito mau!»

Ao completar este pensamento, um dos pés escorregou-lhe e, de repente, ficou mergulhada na água salgada até ao queixo. Primeiro pensou que caíra ao mar, «e nesse caso tenho que voltar de comboio», disse com os seus botões. (Alice fora à praia uma única vez, e concluíra que, sempre que nos aproximamos da costa, vemos barcos no mar, crianças a fazer covas na areia com pás de madeira, depois uma fila de hotéis e pensões e, por trás, uma estação de caminho-de-ferro.) Todavia, em breve percebeu que estava dentro da poça das lágrimas que chorara quando ficara com dois metros e setenta e cinco centímetros de altura.

– Quem me dera não ter chorado tanto! – disse Alice, enquanto nadava, tentando encontrar uma maneira de sair. – Agora vou ser castigada por isso, segundo creio. Vou afogar-me nas minhas próprias lágrimas! Para falar com franqueza, acho que é uma coisa estranha! Mas tudo o que está a acontecer hoje é estranho.

Foi precisamente nessa altura que ouviu qualquer coisa chapinhar na poça, não muito perto dela. Nadou até lá para ver do que se tratava. A princípio pensou que fosse uma morsa ou um hipopótamo, mas depois lembrou-se de como era pequena agora. Finalmente, descobriu que era apenas um rato que escorregara para a água, tal como ela.

«Servirá de alguma coisa falar com este rato, agora?», pensou Alice. «É tudo tão extraordinário aqui em baixo, que não me admiraria se ele falasse. De qualquer modo, não faço mal em tentar.»

E começou assim:
– Ó Rato, sabes a maneira de sairmos desta poça? Estou tão cansada de nadar, ó Rato!

Alice pensava que esta era a maneira correcta de falar a um rato. Nunca fizera nada semelhante, mas lembrava--se de ter lido na gramática de latim do irmão: «Um rato – de um rato – a um rato – um rato – ó rato!» O Rato olhou-a com um ar bastante curioso, pareceu piscar-lhe um dos olhinhos, mas não disse nada.

«Talvez ele não perceba inglês», pensou Alice. «Eu diria que é um rato francês, trazido por Guilherme, *o Conquistador.*» (Porque, apesar de todos os seus conhecimentos de História, Alice não tinha bem a noção do tempo que já se passara desde então.)

E recomeçou:
– *Ou est ma chatte?* (que era a primeira frase do seu livro de francês).

O Rato deu um salto repentino na água e começou a tremer de medo.

– Oh, desculpa! – apressou-se a dizer Alice, receosa de ter ferido os sentimentos do pobre animal. – Esqueci-me completamente que tu não gostas de gatos.

– Eu não gosto de gatos! – exclamou o Rato, com uma voz estridente e desesperada. – E *tu* gostarias de gatos, se estivesses no meu lugar?

– Bem, talvez não – respondeu Alice num tom consolador. – Não fiques zangado. Mesmo assim gostava que conhecesses a nossa gata Dinah: creio que passarias a gostar de gatos, se a visses. É tão simpática e sossegada.

Alice continuou a falar, em parte para si própria, enquanto nadava na poça de um lado para o outro.

– É tão engraçada quando se senta em frente da lareira, a fazer ronrom, a lamber as patas e a lavar o focinho... E deixa-se cuidar tão bem... É um ás a caçar ratos... Oh, desculpa! – exclamou de novo Alice, pois desta vez o Rato ficara com o pêlo todo eriçado e ela teve a certeza de que ficara ofendido. – Não falaremos mais dela, se preferes.

– Não falaremos mais dela! Francamente! – gritou o Rato que tremia até à ponta da cauda. – Como se *eu* falasse em tal coisa! A nossa família sempre *odiou* os gatos: que coisas nojentas, mesquinhas, ordinárias! Nem voltes a pronunciar esse nome!

– Prometo que não volto! – disse Alice, apressando-se a mudar de assunto. – E tu não gostas... Não gostas... De... De cães?

O Rato não respondeu e Alice prosseguiu, entusiasmada:

– Perto da nossa casa há um cãozinho lindo que eu gostava de mostrar-te! É um pequeno *terrier*, com uns olhos muito vivos, sabes? E castanho, com o pêlo muito comprido e encaracolado. Vai buscar as coisas que nós atiramos para longe, senta-se nas patas traseiras e pede comida, e faz toda a espécie de habilidades... Não me lembro nem de metade… O dono é um lavrador, sabes? Ele diz que o cão é muito útil e que vale cem libras! Diz que ele mata todos os ratos e… Oh, meu Deus! – exclamou Alice, desolada. – Creio que te ofendi outra vez!

O Rato recomeçou a nadar com toda a força, afastando-se dela e revolvendo a água.

Então ela chamou-o com meiguice:

– Querido Ratinho! Volta outra vez ! Não falaremos mais de cães nem de gatos, já que não gostas deles!

Ao ouvir isto, o Rato deu meia volta e recomeçou a nadar lentamente na direcção de Alice. Estava lívido («com a comoção», pensou Alice) e disse, com uma tremura na voz:

– Vamos para a margem. Vou contar-te a minha história e compreenderás porque não gosto de cães nem de gatos.

Já era tempo de irem, pois a poça começava a ficar cheia de pássaros e outros animais que ali tinham mergulhado: um Pato, um Dodó, um Papagaio, uma Águia e várias outras estranhas criaturas. Alice foi à frente e o grupo nadou até à margem.

III

UMA MARATONA ELEITORAL
E UMA LONGA HISTÓRIA

Era de facto um grupo estranho aquele que se juntara na margem: os pássaros com as asas sujas de lama, os outros animais com o pêlo empastado e todos eles a pingar, rabugentos e desconfortáveis.

A primeira questão era, evidentemente, como conseguirem secar. Trocaram impressões acerca disso e, minutos depois, Alice considerou bastante natural dar consigo a falar com eles com familiaridade, como se sempre os tivesse conhecido. De facto, teve uma longa discussão com o Papagaio, que acabou por ficar mal-humorado e se limitou a dizer:

– Se sou mais velho que tu, devo saber melhor.

Alice não lhe permitiria uma afirmação destas sem saber que idade ele tinha e, como o Papagaio se recusou positivamente a dizer-lho, a conversa terminou ali. Por fim, o Rato, que parecia ter autoridade sobre eles, exclamou:

– Sentem-se todos, e ouçam-me! Vou fazer com que fiquem secos!

Logo todos se sentaram, num grande círculo, com o Rato no meio. Ansiosa, Alice não tirava os olhos dele, pois tinha a certeza de que apanharia uma valente constipação se não secasse depressa.

— Ora bem! — disse o Rato com um ar importante. — Estão prontos? Este é o melhor processo que conheço para secar. Silêncio, se fazem favor! Guilherme, *o Conquistador*, cuja causa foi favorecida pelo papa, em breve se impôs aos Ingleses, que pretendiam dirigentes e de há muito estavam acostumados à usurpação e à conquista. Edwin e Morcar, os condes de Mercia e de Nortúmbria...

— Brrr!... — exclamou o Papagaio, arrepiado.

— Como? — interpôs o Rato, de sobrolho franzido mas com muita delicadeza. — Disseste alguma coisa?

— Eu, não! — apressou-se a responder o Papagaio.

— Pareceu-me — disse o Rato. — ... Vou continuar. Edwin e Morcar, os condes de Mercia e de Nortúmbria pronunciaram-se a seu favor, e até mesmo Stigand, o patriótico arcebispo de Cantuária achou aquilo aconselhável...

— *Aquilo*, o quê? — perguntou o Pato.

— *Aquilo* — respondeu o Rato de muito mau humor.

— Sabes com certeza o que significa *aquilo*.

— Sei muito bem o que significa *aquilo*, quando nos referimos a uma coisa — respondeu o Pato. — Em geral, é uma rã ou um verme. Pergunto: o que achou o arcebispo?

O Rato ignorou a pergunta e apressou-se a continuar:

— ... achou aquilo aconselhável: ir ao encontro de Guilherme, na companhia de Edgar Atheling, e oferecer-lhe a coroa. A princípio, a conduta de Guilherme foi moderada. Mas a insolência dos Normandos... Já estás mais seca, minha querida? — continuou, voltando-se para Alice enquanto falava.

— Tão molhada como no princípio — respondeu Alice num tom melancólico. — Isto não parece fazer-me secar.

— Nesse caso — disse o Dodó com um ar solene, pondo-se de pé —, proponho que a reunião seja adiada, para que se adoptem imediatamente medidas mais enérgicas...

– Fala claro! – disse a Águia. – Não sei qual o significado dessas palavras tão compridas e, mais do que isso, também não acredito em ti!

E a Águia voltou a cabeça para o lado para esconder o riso. Alguns dos outros pássaros riram-se à socapa.

– O que eu ia dizer é que a melhor coisa para nos fazer secar seria uma maratona eleitoral – disse o Dodó, mostrando-se ofendido.

– O que é uma maratona eleitoral – perguntou Alice.

Não era que estivesse muito interessada em saber, mas o Dodó fizera uma pausa, como se esperasse que alguém falasse. Contudo, nenhum dos presentes parecia inclinado a dizer fosse o que fosse.

– Ora – respondeu o Dodó. – A melhor maneira de explicar o que é uma coisa é fazê-la.

(E como vocês podem estar interessados em fazer o mesmo, num dia de Inverno, vou dizer-vos como o Dodó o conseguiu.)

Em primeiro lugar, marcou uma pista, numa espécie de círculo («a forma não é o mais importante», explicou) e em seguida todo o grupo se colocou ao longo do percurso, aqui e ali. Não houve «Um, dois, três». Cada um começou a correr quando lhe apeteceu e acabou quando quis, por isso não foi fácil perceber qual o momento em que a corrida terminou. No entanto, depois de correrem durante meia hora, e de ficarem secos, o Dodó exclamou de repente:

– A maratona terminou!

Todos se juntaram à sua volta, ofegantes, e perguntaram:

– Mas quem ganhou?

O Dodó só poderia responder a esta pergunta depois de muito pensar. Ali ficou sentado, durante muito tempo, com um dedo na testa (a mesma posição em que geralmente vemos Shakespeare, nos retratos),

enquanto o resto do grupo se manteve em silêncio. Por fim, o Dodó disse:

– *Todos* ganharam e todos devem receber um prémio.

– Mas quem dará os prémios? – perguntou um coro de vozes.

– *Ela*, evidentemente – respondeu o Dodó, apontando para Alice, com um dedo.

E, no mesmo instante, todos se juntaram à sua volta, gritando, numa grande confusão:

– Queremos os prémios, queremos os prémios!

Alice não sabia o que fazer e, desesperada, meteu a mão na algibeira, tirando lá de dentro uma caixa de frutas cristalizadas (felizmente a água salgada não entrara lá para dentro) e distribuiu-as como prémio. Coube exactamente um bocado a cada um.

– Mas ela também deverá ter um prémio – disse o Rato.
– É claro! – observou o Dodó com um ar solene. – Que mais tens dentro da algibeira? – perguntou, voltando-se para Alice.
– Apenas um dedal – respondeu Alice tristemente.
– Trá-lo aqui – disse o Dodó.
Mais uma vez, todos se reuniram à volta dela, enquanto o Dodó exibia o dedal, dizendo com solenidade:
– Pedimos-te que aceites este lindo dedal.
E quando acabou este breve discurso, todos aplaudiram.
Alice achou que toda a cena fora muito absurda, mas os seus companheiros pareciam tão graves que não se atreveu a rir. E, como não se lembrou de nada para dizer, limitou-se a fazer uma vénia e a aceitar o dedal, mantendo-se tão séria quanto lhe foi possível.
Em seguida, o que havia a fazer era comer as frutas cristalizadas. Isto provocou algum ruído e confusão. Os pássaros mais corpulentos queixaram-se que nem conseguiam provar as suas e os mais pequenos engasgaram-se e tiveram que lhes dar umas palmadas nas costas. No entanto, lá conseguiram acabar. Então sentaram-se de novo em círculo e pediram ao Rato que lhes contasse mais alguma coisa.
– Prometeste contar-me a tua história, sabes? – disse Alice. – E o motivo por que não gostas de Fulano e de Beltrano – acrescentou em voz baixa, com medo que ele voltasse a ofender-se.
– A minha história é longa e triste! – disse o Rato, voltando-se para Alice e soltando um suspiro.
– Deve ser longa… – disse Alice, olhando, admirada, para a cauda do Rato. – Mas porque dizes que é triste?
E, enquanto o Rato falava, imaginou uma história como esta:

                    Fury disse
                    a um
                    rato que
                    encontrou
                    em casa:
                      Vamos ao
                          tribunal.
                              Vou perseguir-te...
                            Vem,
                               não aceito
                               que digas
                          que não.
                      Tem de
                   haver um
                   julgamento
                   pois
                   esta manhã
                   não tenho
                   nada
                       que fazer.
                          E o rato
                            disse ao
                          gato:
                          Esse
                          julgamento,
                      senhor,
                   sem juiz
                   nem jurados
                      seria
                         uma perda
                           de tempo.
                           Eu serei
                             juiz e
                             jurado,
                            disse o
                       espertalhão
                      do Fury.
                         Vou
                           julgar
                               esta causa
                              e condenar-te
                             à
                          morte.

 – Tu não estás a dar atenção à minha história – disse o
Rato a Alice, num tom severo. – Em que estás a pensar?

30

– Desculpa! – respondeu Alice com humildade. – Creio que já tinhas chegado à quinta parte, não é verdade?
– Claro que não! – exclamou o Rato, muito zangado.
– Ah, não consegues continuar a história? – disse Alice sempre disposta a ser útil olhando à sua volta com ansiedade. – Deixa-me ajudar-te!
– Não e não! – disse o Rato, levantando-se e afastando-se. – Estás a insultar-me ao dizer esses disparates!
– Não era essa a minha intenção! – suplicou a pobre Alice. – Mas tu ofendes-te com tanta facilidade!
Como resposta, o Rato limitou-se a rosnar.
– Por favor, volta para aqui e acaba a tua história! – pediu Alice.
E os outros juntaram-se-lhe, gritando em coro:
– Por favor!
Mas o Rato não fez mais do que abanar a cabeça com impaciência e andar um pouco mais depressa.
– Que pena que ele não tenha ficado connosco! – suspirou o Papagaio, assim que o perdeu de vista.
Uma velha Carangueja aproveitou a oportunidade para dizer à filha:

– Ai, minha querida! Que isto te sirva de lição para nunca perderes a paciência!

– Cale-se, mãe! – respondeu a jovem Carangueja, um pouco irritada. – Faz perder a paciência a uma ostra!

– Quem me dera que a nossa Dinah aqui estivesse! – disse Alice em voz alta, sem dirigir-se a ninguém em especial. – Depressa o traria de volta!

– E quem é Dinah, se me é permitido perguntar? – disse o Papagaio.

Alice, que estava sempre pronta a falar do seu animalzinho de estimação, apressou-se a responder:

– Dinah é a nossa gata. E tem um jeito para apanhar ratos!... Vocês nem imaginam! Oh, e só gostava que vocês a vissem atrás dos pássaros! Assim que vê um, come-o logo!

Este discurso causou uma sensação extraordinária entre os membros do grupo. Alguns pássaros mostraram-se subitamente muito apressados. Uma velha Pega começou a afagar as penas e disse, cautelosa:

– Tenho de ir andando para casa. O ar da noite não me faz bem à garganta!

E uma Canária, com a voz a tremer, chamou os filhos:
– Venham, meus queridos. Já há muito tempo que deviam estar na cama!

Sob vários pretextos, todos se foram embora, até que Alice voltou a ficar sozinha.

– Quem me dera não ter falado em Dinah! – disse para com os seus botões, num tom melancólico. – Aqui em baixo, parece que ninguém gosta dela, e eu tenho a certeza de que ela é a melhor gata que há no mundo! Oh, minha querida Dinah! Quem me dera saber se voltarei a ver-te!

Nesta altura, a pobre Alice começou de novo a chorar. Sentia-se muito triste e só. No entanto, pouco depois, ouviu um leve ruído de passos à distância, e levantou o olhar, curiosa, na esperança de que o Rato tivesse mudado de ideias e estivesse de volta para acabar a sua história.

IV

O COELHO MANDA UM PEQUENO LAGARTO

Era o Coelho Branco que voltava, a correr, olhando ansiosamente à sua volta, como se tivesse perdido qualquer coisa. Alice ouviu-o murmurar para si próprio: «A Duquesa! A Duquesa! Oh, minhas pobres patas! Oh, o meu pêlo e os meus bigodes! Ela vai mandar matar-me! É tão certo como dois e dois serem quatro! Onde os terei deixado cair?» Naquele momento, Alice percebeu que ele andava à procura do leque e do par de luvas brancas e, como tinha bom coração, começou também a procurá-los, mas não os viu em parte nenhuma. Tudo parecia ter-se modificado desde que andara a nadar na poça, e que estivera naquele grande átrio, com a mesa de vidro e a porta minúscula. Tudo desaparecera por completo.

Pouco depois, o Coelho apercebeu-se da presença de Alice, quando ela o ajudava a procurar as suas coisas, e disse-lhe com um ar zangado:

– Francamente, Mary Ann! O que anda você aqui a fazer? Vá para casa imediatamente e arranje-me um leque e um par de luvas! Depressa!

Alice ficou tão assustada que começou logo a correr na direcção que ele lhe apontara, sem tentar sequer explicar-lhe a confusão que ele fizera.

«Tomou-me pela criada!», disse para consigo, enquanto corria. «Como vai ficar admirado quando descobrir quem eu sou! Mas o melhor que tenho a fazer é ir buscar-lhe o leque e as luvas... Se conseguir encontrá-los...»

Ao dizer isto, avistou uma linda casinha, à porta da qual havia uma placa de latão, onde se lia «COELHO BRANCO». Entrou sem bater, e subiu as escadas a correr, com medo de encontrar a verdadeira Mary Ann e de ser posta na rua, antes de ter encontrado o leque e as luvas.

«Como tudo é estranho! Andar a fazer recados para um coelho!», disse Alice para si própria. «Qualquer dia, a Dinah também me manda fazer recados!» E começou a imaginar o que aconteceria: «Miss Alice, venha cá imediatamente e prepare-se para ir dar um passeio!» «Vou, já! Mas antes tenho que ficar a vigiar a toca deste rato até Dinah voltar, senão o rato foge.» «Mas não acredito», continuou Alice, «que deixem Dinah ficar lá em casa, se ela começar a dar ordens às pessoas desta maneira!»

Nesta altura, Alice descobriu que se encontrava numa pequena sala, muito arrumada, com uma mesa perto da janela, em cima da qual estavam (tal como ela esperava) um leque e dois ou três pares de pequenas luvas brancas de pele. Retirou o leque e um par de luvas, e ia mesmo a sair quando reparou numa pequena garrafa que estava junto do espelho. Desta vez não havia nenhum rótulo a dizer «BEBE-ME» mas, mesmo assim, Alice tirou a rolha e levou-a aos lábios. «Sei que *qualquer coisa* interessante vai acontecer», disse para com os seus botões, «sempre que como ou bebo alguma coisa. Por isso vou ver o que acontece com esta garrafa. Espero que me faça crescer outra vez, pois já estou cansada de ser tão pequena!»

E foi o que aconteceu, muito mais depressa do que ela esperava. Antes de ter bebido meia garrafa, sentiu a cabeça de encontro ao tecto e teve de inclinar-se para não partir o pescoço. Pousou rapidamente a garrafa e disse para consigo: «Já chega... Espero não crescer mais... Mesmo assim, já não consigo passar na porta... Quem me dera não ter bebido tanto!»

Mas já era tarde de mais! Alice continuou a crescer,

cada vez mais, e em breve teve de ajoelhar-se no chão. Pouco depois, já nem isto foi suficiente e ela tentou deitar-se com um cotovelo encostado à porta e o outro braço enrolado à volta da cabeça. Mesmo assim, continuou a crescer. Como último recurso, deitou um dos braços de fora da janela, pôs um pé na chaminé e disse para consigo: «Aconteça o que acontecer, já não posso fazer mais nada. O que irá ser de mim?»

Felizmente para Alice, a pequena garrafa mágica chegara ao fim dos seus efeitos e ela parou de crescer. Mesmo assim, a situação era muito desagradável, pois parecia não haver qualquer possibilidade de ela voltar a sair da sala. Não admirava que se sentisse infeliz.

«Sentia-me muito melhor em casa», pensou a pobre Alice, «quando não aumentava nem diminuía de tamanho e não recebia ordens de ratos nem de coelhos. Quase preferia não ter descido aquela toca, e, no entanto... Como a vida é estranha! O que se terá passado comigo? Quando eu lia contos de fadas, pensava que eles nunca se tornariam realidade, e agora aqui estou eu no meio de um deles! Deviam escrever um livro a meu respeito, olá se deviam! E, quando eu for crescida, hei-de escrever um... Mas eu já sou crescida», acrescentou, desolada, «pelo menos, enquanto estiver *aqui dentro*, não posso crescer mais.»

«Mas será que ao menos não envelhecerei?», pensou Alice. «Já é um consolo – nunca hei-de ser velha – mas, sendo assim, terei sempre lições para aprender! Oh, não gosto nada *disso*!»

«Ora, não sejas pateta, Alice», respondeu a si mesma. «Como podes aprender as lições aqui dentro? Nem sequer há espaço para ti, quanto mais para os teus livros!»

E assim continuou, imaginando uma conversa a dois. Mas alguns minutos depois, ouviu uma voz lá fora e parou para escutar.

– Mary Ann! Mary Ann! – disse a voz. – Traz-me as luvas imediatamente!

Depois ouviu-se um barulho de passos na escada. Alice sabia que era o Coelho que vinha à sua procura, e tremeu até fazer estremecer a casa, esquecendo-se completamente de que era agora mil vezes maior do que o Coelho e de que não tinha motivos para temê-lo.

Pouco depois, o Coelho alcançou a porta e tentou abri-la, mas não conseguiu pois o cotovelo de Alice empurrava-a pelo lado de dentro. Alice ouviu-o dizer:

– Nesse caso, vou dar a volta e entrar pela janela.

«*Isso* é que tu não fazes!», pensou Alice, e depois de esperar até imaginar que ouvira o Coelho debaixo da janela, deitou o braço de fora e fez um gesto no ar. Não agarrou nada mas ouviu um gritinho, o ruído de uma queda e de vidros partidos. Concluiu que talvez ele tivesse caído em cima de uma estufa de pepinos ou de outra coisa parecida. Em seguida, ouviu-se uma voz zangada, a do Coelho:

– Pat, Pat, onde estás?

E depois, uma voz que Alice nunca ouvira:

– Claro que estou aqui! Estou a apanhar maçãs, senhor!

– Francamente! A apanhar maçãs! – exclamou o Coelho, irritado. – Vem cá! Vem cá e ajuda-me a resolver *isto*!

Ouviram-se mais ruídos de vidros partidos.

– Ora diz-me, Pat, o que é aquilo ali na janela?

– De certeza que é um braço, senhor! (ele pronunciou «brrraço»).

– Um braço, meu palerma! Já viste algum braço daquele tamanho? Ocupa a janela toda!

– Tem razão, senhor, mas aquilo é um braço.

– Bem, de qualquer modo, não está ali a fazer nada. Vai lá e tira-o!

Depois disto, fez-se um longo silêncio, e de vez em quando Alice só ouvia murmúrios. Assim:

– Não estou a gostar nada disto, senhor! Nada mesmo!

– Faz o que te digo, cobarde!

Por fim, Alice voltou a esticar a mão e fez um novo gesto no ar. Desta vez ouviram-se *dois* gritos e novamente o som de vidros partidos.

«Tantas estufas de pepinos que deve haver por aqui», pensou Alice. «O que irão eles fazer a seguir? Quem me dera que *pudessem* puxar-me pela janela! Tenho a certeza de que não quero ficar aqui mais tempo.»

Esperou mais algum tempo, mas não ouviu nada. Por fim escutou o barulho das rodas de um carrinho de mão e o som de muitas vozes a falarem umas com as outras:

– Onde está a outra escada?

– Só me disseram para trazer uma...

– Bill tem outra... Bill, chega aqui, meu rapaz... Põe-na aqui neste canto... Não, une-as uma à outra, primeiro... Mesmo assim, não chegam nem a metade...

– Ora, servem muito bem! Não sejas coca-bichinhos...

– Aqui, Bill. Agarra nesta corda...

– Achas que o telhado aguenta? Tem cuidado com essa telha solta... Oh, está a escorregar... Protejam a cabeça!

(Ouviu-se um grande estrondo.)

– Quem é que fez isso?

– Acho que foi o Bill.

– Quem é que vai descer pela chaminé?

– Eu, não! Vai tu!

– Já te disse que não vou!... O Bill que vá...

– Bill, aqui o patrão diz que tu é que tens de descer pela chaminé!

«Ah! É então o Bill que tem de descer pela chaminé, hem?», interrogou-se Alice. «Parecem pôr tudo às costas do Bill! Não queria estar no lugar dele por nada deste mundo: a chaminé é estreita, é verdade... Mas creio que ainda consigo dar uns pontapés!»

Enfiou um dos pés na chaminé, o melhor que pôde, e ficou à espera até ouvir um pequeno animal (não conseguiu adivinhar de que animal se tratava) a arrastar-se e a roçar no interior da chaminé, mesmo acima dela. Depois, disse com os seus botões: «Lá vem o Bill.» Deu um pontapé rápido e ficou à espera do que iria passar-se.

A primeira coisa que ouviu foi um coro de vozes que diziam:

— Lá vai o Bill.

E depois, apenas a voz do Coelho:

— Apanha-o e fica junto da cerca.

Em seguida, fez-se um silêncio e, logo a seguir, de novo a confusão de vozes:

— Agarra-o pela cabeça...

— Devagar, agora...

— Não o estrangules...

— Como correu, meu velho? O que te aconteceu? Conta-nos!

Por fim, ouviu-se um guincho débil («É o Bill», pensou Alice) e uma vozinha:

— Não sei bem... Não é preciso mais, obrigado. Já estou melhor... Mas estou um pouco atrapalhado para te contar... Tudo o que sei é que há qualquer coisa que veio ao meu encontro, como se fosse uma caixinha de surpresas, e que eu voltei a subir como se fosse um foguetão...

— Ora imagina, meu velho! — disseram os outros.

— Temos de deitar fogo à casa! — disse o Coelho.

E Alice gritou com quantas forças tinha:

— Se fizeres uma coisa dessas, mando a Dinah atrás de ti!

De repente, fez-se um silêncio mortal e Alice pensou: «Quem me dera saber o que irão fazer a seguir! Se forem inteligentes, arrancam o telhado.» Um ou dois minutos depois, começaram de novo a mexer-se e Alice ouviu o Coelho dizer:

– Para começar, chega um carrinho cheio.

«Um carrinho *cheio* de quê?», pensou Alice. Mas no momento seguinte ficou sem dúvidas, pois uma chuva de pedrinhas caiu no vidro da janela, e algumas bateram-lhe mesmo na cara. «Vou acabar com isto», disse para consigo, e gritou:

– O melhor é não voltarem a fazer isso!

Seguiu-se de novo um silêncio mortal.

Um pouco admirada, Alice reparou que as pedras se iam transformando em pequenos bolos à medida que caíam no chão. Então, teve uma ideia brilhante. «Se eu comer um destes bolos, tenho a certeza que o meu tamanho se irá modificar. E como não pode fazer-me crescer, tem de fazer-me diminuir, acho eu.»

Assim, engoliu um dos bolos, e ficou deliciada ao descobrir que começava imediatamente a diminuir de tamanho. Logo que percebeu que já cabia na porta, saiu da casa a correr e encontrou lá fora uma verdadeira multidão de pequenos animais, à espera. Bill, o pobre lagarto, estava no meio, amparado por dois porquinhos-da-índia, que lhe davam qualquer coisa a beber. No momento em que Alice apareceu, todos se precipitaram para ela. Mas ela correu o mais depressa que pôde e em breve se encontrou a salvo, num bosque cerrado.

«A primeira coisa que tenho a fazer», pensava Alice enquanto vagueava pelo bosque, «é recuperar o meu tamanho normal, e a segunda coisa é descobrir o caminho para aquele jardim maravilhoso. Creio que este é o melhor plano.»

Parecia um plano excelente, sem dúvida, e muito bem arquitectado. A única dificuldade consistia no facto de ela não saber como havia de pô-lo em prática. Enquanto passeava por entre as árvores, preocupada, ouviu um pequeno ladrido mesmo por cima da sua cabeça e olhou para cima muito depressa.

Um enorme cachorro observava-a lá de cima, com uns grandes olhos redondos, e estendia suavemente uma das patas, tentando tocar-lhe.

– Pobrezinho! – disse Alice, num tom adulador.

Tentou assobiar-lhe, mas ficou assustada ao pensar que ele poderia estar com fome, pois, nesse caso, era provável que ele a devorasse, apesar dos seus modos meigos.

Mal sabendo o que fazia, apanhou um pauzinho e estendeu-o ao cachorro que deu imediatamente um salto no ar, soltando um latido de prazer, e correu para o pauzinho, fazendo crer que lhe dava importância.

Então, Alice abrigou-se atrás de uma grande moita de silvas, para impedir que ele lhe passasse por cima. E, no momento em que apareceu do outro lado, o cachorro deu nova corrida até ao pau, fazendo tudo para o agarrar. Nessa altura, Alice pensou que era como se estivesse a brincar com uma carroça que a todo o momento poderia passar-lhe por cima, e correu de novo para a moita. Então, o cachorro iniciou uma série de tentativas para apanhar o pau, dando pequenas corridas para diante e de cada vez recuando muito, sempre a ladrar com toda a força. Por fim, sentou-se, longe dela, ofegante, com a língua de fora e os olhos semicerrados.

Pareceu a Alice que esta era uma boa ocasião para fugir. Começou então a correr e só parou quando se sentiu sem fôlego e ouviu o ladrar do cachorro já à distância.

– E que lindo cãozinho que ele era! – disse Alice, ao inclinar-se sobre um botão-de-ouro para descansar e abanando-se com uma das folhas. – Muito havia eu de gostar de ensinar-lhe algumas brincadeiras... Se, ao menos, eu tivesse tamanho para isso... Meu Deus! Quase me esqueci de que tenho de voltar a crescer! Ora vejamos... Como hei-de fazer? Creio que terei de comer ou de beber alguma coisa. Mas, o quê?

A grande questão era essa: o quê? Alice olhou as flores e a relva à sua volta, mas não viu nada que lhe parecesse bom para comer ou beber. Junto dela crescia um cogumelo quase do seu tamanho. Depois de observá-lo por baixo e pelos lados, lembrou-se que poderia ver também o que tinha em cima.

Pôs-se em bicos de pés e trepou pela beira do cogumelo. Os seus olhos caíram imediatamente numa enorme lagarta azul, que estava sentada lá em cima, de braços cruzados, fumando tranquilamente um cachimbo oriental. Não se apercebeu da presença de Alice, nem do que se passava à sua volta.

V

CONSELHOS DE UMA LAGARTA

Durante algum tempo, a Lagarta e Alice olharam-se em silêncio. Por fim, a Lagarta tirou o cachimbo da boca e perguntou-lhe numa voz lânguida e sonolenta:
– Quem és *tu*?
Não se pode dizer que fosse um princípio de conversa encorajador. Alice respondeu timidamente:
– Neste momento, nem sei bem, minha senhora... Esta manhã, quando me levantei, sabia quem era, mas já mudei tantas vezes desde então.
– O que queres dizer com isso? – perguntou a Lagarta com rispidez. – Explica-te!

– Receio não poder explicar-me melhor, minha senhora, porque eu não sou eu, percebe? – disse Alice.

– Não estou a perceber – respondeu a Lagarta.

– Lamento não conseguir explicar-me melhor – disse Alice com muita delicadeza – mas, para começar, nem eu própria compreendo. E ser de vários tamanhos no mesmo dia é muito confuso.

– Não acho – respondeu a Lagarta.

– Bem, talvez ainda não tenha dado por isso – disse Alice – mas quando se transformar numa crisálida, o que irá acontecer um dia destes, e depois numa borboleta, creio que se sentirá um pouco esquisita, não acha?

– Não, não acho – respondeu a Lagarta.

– Bem, talvez os seus sentimentos sejam diferentes. O que sei dizer-lhe é que *eu* me sinto esquisita – disse Alice.

– Tu! – exclamou a Lagarta com desprezo. – Mas quem és *tu*?

Isto obrigou-as a voltar ao princípio da conversa. Alice sentiu-se um pouco irritada com os pequenos remoques da Lagarta, empertigou-se e disse, muito séria:

– Acho que a senhora deve dizer-me quem é em primeiro lugar.

– Porquê? – perguntou a Lagarta.

Aqui estava uma outra pergunta que a deixava atrapalhada. E, como Alice não conseguiu descobrir nenhuma boa razão e a Lagarta parecia estar muito maldisposta, foi-se embora.

– Anda cá! – disse a Lagarta. – Tenho uma coisa importante a dizer!

Não havia dúvida de que isto parecia prometedor. Alice deu meia volta e aproximou-se de novo da Lagarta.

– Vê se te dominas! – disse a Lagarta.

– É tudo o que tem para me dizer? – perguntou Alice, engolindo a ira que sentia o melhor que lhe era possível.

– Não – respondeu a Lagarta.

Alice pensou que poderia muito bem esperar, pois não tinha mais nada que fazer, e talvez a Lagarta lhe dissesse qualquer coisa que valesse a pena. Durante alguns minutos, esta manteve-se em silêncio, toda inchada, mas, por fim, descruzou os braços, voltou a tirar o cachimbo da boca e disse:

– Com que então, achas que mudaste, não é verdade?
– Receio bem que sim, minha senhora – respondeu Alice. – Já não me lembro das coisas como era costume, e estou constantemente a mudar de tamanho.
– Não te lembras de que *espécie* de coisas? – perguntou a Lagarta.
– Bem, tentei recitar *«Como é que a abelhinha atarefada»* mas as palavras saíram diferentes! – respondeu Alice, muito melancólica.
– Ora recita *«Estás velho, pai Guilherme»* – disse a Lagarta. Alice entrelaçou os dedos e começou a recitar:

«"Estás velho, pai Guilherme", disse o jovem,
"E o teu cabelo está a embranquecer
Mas andas sempre de cabeça para baixo...
Achas isso certo na tua idade?"

"Na minha juventude", respondeu o pai Guilherme ao
filho
"Tinha medo que me fizesse mal ao cérebro,
Mas agora estou certo que não faz,
Por isso continuo a fazê-lo!"

"Estás velho", disse o jovem, "como eu já disse,
E engordaste muito,
Mas entraste em casa aos pulos...
Diz-me, qual a razão por que o fizeste?"

"Na minha juventude", disse o velho, abanando o cabelo grisalho,
"Era muito ágil,
Usava este unguento – cada caixa um xelim –
Não queres que te venda um pouco?"

"Estás velho", disse o jovem, "e já tens os dentes fracos
De tanto mastigar,
Mas comes o pato com ossos e bico…
Diz-me, como consegues?"

"Na minha juventude", disse o velho, "dedicava-me às leis
E defendia as causas com a ajuda da minha mulher,
E a força que ganhei nos maxilares
Ficou para o resto da vida."

"Estás velho", disse o jovem, *"e ninguém diria*
Que tens a vista forte como nunca.
Aguentas uma enguia na ponta do nariz…
O que te faz assim tão esperto?"

"Já chega. Respondi a três perguntas",
Disse o velho. "Não te dês ares!
Pensas que tenho paciência para estar o dia inteiro a
                                               aturar-te?
Vai-te embora, ou deito-te pela escada abaixo".»

– Não recitaste bem – disse a Lagarta.
– Não muito bem, realmente – concordou Alice, com um ar tímido. – Troquei algumas palavras.
– Está tudo errado do princípio ao fim – disse a Lagarta com ar decidido.

Fez-se silêncio durante alguns minutos. A Lagarta foi a primeira a recomeçar a falar:

– De que tamanho queres ser?

– Oh, não tenho preferência – apressou-se a responder Alice. – O que gostava era de não mudar de tamanho tantas vezes, sabe?

– Eu não sei nada – disse a Lagarta.

Alice não disse nada. Nunca fora tão contrariada na sua vida, e sentia que estava a perder a paciência.

– E agora estás contente? – perguntou a Lagarta.

– Bem, gostaria de ser um pouco maior, minha senhora, se não se importa. É terrível ter apenas oito centímetros de altura – disse Alice.

– Acho que é mesmo uma boa altura! – replicou a Lagarta, irritada, endireitando-se à medida que falava (tinha exactamente oito centímetros de altura).

– Mas eu não estou habituada! – implorou a pobre Alice, num tom que metia dó.

E pensou: «Quem me dera que os animais não se ofendessem com tanta facilidade!»

– Hás-de habituar-te – disse a Lagarta.

E, pondo o cachimbo na boca, recomeçou a fumar.

Desta vez, Alice esperou pacientemente que ela se decidisse a falar. Pouco depois, a Lagarta tirou o cachimbo da boca, bocejou uma ou duas vezes e abanou-se. Depois, desceu do cogumelo, rastejou na direcção da relva e disse apenas, enquanto caminhava:

– Um dos lados faz-te crescer e o outro faz-te diminuir.

«Um dos lados de *quê*? O outro lado de *quê*?», interrogou-se Alice.

– Do cogumelo – respondeu a Lagarta, como se Alice tivesse feito a pergunta em voz alta. E, no momento seguinte, desapareceu.

Por instantes, Alice ficou a olhar para o cogumelo, com um ar pensativo, tentando perceber quais seriam os dois lados. Como ele era redondo, a questão tornava-se complicada. Mas, por fim, estendeu os braços até onde pôde e partiu um bocadinho da ponta com cada uma das mãos.

«E agora, qual deles será?», pensou. Deu uma dentadinha no bocado da mão direita para experimentar. No momento seguinte sentiu uma violenta pancada no queixo: este batera-lhe num dos pés!

Ficou bastante assustada com esta mudança súbita, mas lembrou-se que não havia tempo a perder, pois estava a diminuir de tamanho rapidamente. Então, deu uma dentada no outro bocado. O queixo estava tão próximo dos pés que ela mal tinha espaço para abrir a boca. Por fim, conseguiu, e engoliu um pedaço do bocado que tinha na mão esquerda.

– Uf! Finalmente sinto a cabeça livre! – disse Alice, encantada.

Mas, no momento seguinte, ficou aterrada ao verificar que os seus ombros tinham desaparecido. Quando olhou para baixo, tudo o que viu foi um pescoço imenso, que parecia nascer de um mar de folhas verdes que a circundava, como se fosse um talo.

– O que poderá ser todo este verde? – perguntou Alice. – E para onde foram os meus ombros? Oh, minhas pobres mãos! Onde estão que não vos vejo?

Mexia-as enquanto falava, mas não viu senão um ligeiro abanar das folhas verdes à distância.

Como lhe parecia que não conseguiria levar as mãos até à cabeça, tentou baixá-la e ficou deliciada ao descobrir que podia inclinar o pescoço para todos os lados, como uma serpente. Conseguira precisamente curvá-lo, num ziguezague gracioso e preparava-se para mergulhá-lo no meio das folhas – que não eram mais do que as copas das árvores por baixo das quais andara a passear – quando um assobio agudo a fez recuar à pressa. Uma grande pomba voara na direcção da sua cabeça e batia-lhe violentamente com as asas.

– Uma serpente! – gritou a Pomba.

– Eu *não* sou uma serpente! – replicou Alice, indignada. – Deixa-me em paz!

– És uma serpente, já disse! – repetiu a Pomba, num tom já mais submisso, ao qual acrescentou uma espécie de soluço. – Já tentei tudo mas nada parece agradar-lhes!

– Não faço a menor ideia do que estás a falar – disse Alice.

– Já tentei as raízes das árvores, já tentei barreiras, já tentei sebes – continuou a Pomba, sem lhe dar importância – mas... Estas serpentes... Nada parece satisfazê-las!

Alice estava cada vez mais confusa, mas achou que não valia a pena dizer mais nada antes de a Pomba acabar de falar.

– Como se não fosse uma preocupação suficiente ter de chocar os ovos... E ainda tenho de ficar à espreita das serpentes, de noite e de dia! Já há três semanas que não prego olho – continuou a Pomba.

– Lamento muito que estejas aborrecida – disse Alice, que começava a perceber o que a Pomba queria dizer.

– E precisamente no momento em que fiquei com a árvore mais alta do bosque – continuava a Pomba, elevando a voz num grito. – Precisamente quando estava convencida de que me vira livre delas, aparece-me uma vinda do céu!... Puf, serpentes!

– Mas eu *não* sou uma serpente! – disse Alice. – Eu sou uma... Eu sou uma...

– Bem! És uma quê? – perguntou a Pomba. – Percebo muito bem que estás a tentar inventar qualquer coisa!

– Eu... Eu sou uma menina! – disse Alice, não muito segura, ao lembrar-se do número de mudanças que já sofrera, só naquele dia.

– Uma bela história, na verdade! – respondeu a Pomba com um profundo desprezo. – Tenho visto muitas meninas na minha vida, mas nunca vi *nenhuma* com um pescoço assim! Não, não! Tu és uma serpente, e não vale a pena negá-lo. Creio que me vais dizer a seguir que nunca provaste um ovo!

– Claro que já comi muitos ovos – respondeu Alice, que dizia sempre a verdade. – Mas as meninas comem ovos, tal como as serpentes, percebes?

– Não acredito! – respondeu a Pomba. – Mas se assim é, nesse caso elas são uma espécie de serpentes, é tudo o que posso dizer.

Alice nunca se lembrara disto e ficou em silêncio durante um minuto ou dois, o que deu à Pomba ocasião de acrescentar:

– Sei muito bem que andas à procura de ovos. O que me interessa se és uma menina ou uma serpente?

– Interessa-me muito a *mim*! – apressou-se a responder Alice. – Mas, por acaso, eu não ando à procura de ovos. E se andasse, não seria dos teus: não gosto deles crus.

– Bem, nesse caso, desaparece! – exclamou a Pomba, irritada, voltando a instalar-se no ninho.

Alice encolheu-se por entre as árvores o melhor que pôde, pois de vez em quando o pescoço ficava preso nos ramos e ela tinha de desembaraçá-lo. Pouco depois, lembrou-se de que conservava nas mãos os bocados do cogumelo. Com todo o cuidado, trincou primeiro um e depois o outro, umas vezes crescendo e outras minguando, até que conseguiu ficar do tamanho normal.

Já há tanto tempo que não estava assim que, a princípio, sentiu-se esquisita. Mas não demorou a habituar-se e começou a falar consigo mesma, como de costume: «Bem, já cumpri metade do meu plano! Como estas mudanças são confusas! Nunca sei aquilo em que me tornarei no minuto seguinte! Mas recuperei o meu tamanho normal. A próxima coisa a fazer é descobrir o caminho para aquele jardim maravilhoso… Mas, como?» Ao dizer isto, encontrou-se de repente num campo aberto e avistou uma casinha com cerca de quatro pés de altura. «Seja quem for que ali mora, é-me impossível aparecer *deste* tamanho. Assustá-los-ia!» Começou então a comer o bocado do cogumelo que tinha na mão direita e só se atreveu a aproximar-se da casa quando atingiu vinte e cinco centímetros de altura.

VI

O PORCO E A PIMENTA

Durante um ou dois minutos, Alice ficou a olhar para a casa, sem saber o que fazer a seguir. De repente, um criado de libré apareceu a correr, vindo do bosque (Alice considerou-o um criado porque ele vinha de libré, mas, a julgar pela cara, ter-lhe-ia chamado peixe) e bateu à porta ruidosamente, com os nós dos dedos. Esta foi aberta por um outro criado de libré, de cara redonda e olhos grandes, como uma rã. Eram ambos criados. Alice reparou que haviam empoado o cabelo, que lhes caía em caracóis. Estava ansiosa por saber o que era tudo aquilo e aproximou-se mais para escutar a conversa.

O Criado-Peixe começou por tirar de baixo do braço uma grande carta, quase do seu tamanho, que estendeu ao outro, dizendo num tom solene:

– É para a Duquesa. Um convite da Rainha para jogar *croquet*.

No mesmo tom solene, e trocando apenas a ordem das palavras, o Criado-Rã disse:

– Da Rainha. Um convite para a Duquesa jogar *croquet*.

Curvaram-se os dois, numa vénia, e os caracóis de ambos emaranharam-se.

Alice riu-se tanto com esta cena que teve de voltar para o bosque, com medo que a ouvissem. Quando voltou a espreitar, o Criado-Peixe desaparecera e o outro estava sentado no chão, junto da porta, olhando estupidamente para o céu.

Um pouco intimidada, Alice aproximou-se da porta e bateu.

– Não vale a pena bater – disse o Criado-Rã. – Por dois motivos. Em primeiro lugar, porque eu estou do mesmo lado que tu; em segundo, porque lá dentro fazem tanto barulho que nem te ouviriam.

De facto, lá dentro passava-se qualquer coisa muito extraordinária: ouvia-se um choro constante e uma sucessão de espirros e, de vez em quando, um grande estrondo, como se um prato ou um bule se tivessem feito em pedaços.

– Diz-me então como hei-de entrar? – perguntou Alice.
– Talvez fizesse algum sentido bateres – continuou o Criado, sem lhe dar atenção. – Se tivéssemos a porta entre nós. Por exemplo, se tu estivesses *lá dentro*, baterias e eu deixar-te-ia sair, percebes?

Não deixava de olhar para o céu enquanto falava, o que Alice considerou uma grande falta de educação. «Mas talvez não possa evitá-lo», disse com os seus botões. «Afinal, tem os olhos tão perto do alto da cabeça. De qualquer maneira, bem podia responder às perguntas.»

– Como poderei entrar? – perguntou, já em voz alta.
– Vou ficar aqui até amanhã… – disse o Criado.

Nesse momento, a porta abriu-se e uma enorme travessa voou mesmo por cima da cabeça do Criado. Roçou-lhe o nariz e foi espatifar-se de encontro a uma árvore por trás dele.

– … ou talvez até ao dia seguinte – continuou o Criado, exactamente no mesmo tom, como se nada se tivesse passado.

– Como poderei entrar? – perguntou de novo Alice, elevando a voz.

– Estás mesmo decidida a entrar? – disse o criado. – Essa é a primeira pergunta, sabes?

Era sem dúvida – Alice não precisava que lho dissessem. «É terrível que os animais discutam uns com os outros. É de dar em doida!»

O Criado pareceu considerar esta uma boa oportunidade para repetir a sua afirmação, embora com algumas variantes.

– Vou ficar aqui sentado durante dias e dias – disse.
– Mas, o que hei-de *eu* fazer? – perguntou Alice.
– O que quiseres – respondeu o Criado. E começou a assobiar.

– Oh, não vale a pena falar com ele – disse Alice, desesperada. – É completamente idiota!

E abriu a porta e entrou.

A porta dava directamente para uma cozinha enorme que estava cheia de fumo. A Duquesa estava sentada num banco de três pés a embalar um bebé; a cozinheira estava inclinada sobre o lume, a mexer um caldeirão que parecia estar repleto de sopa.

«Tenho a certeza de que aquela sopa tem pimenta a mais», pensou Alice, no meio de um acesso de espirros.

De facto, a atmosfera estava impregnada de pimenta. Até a Duquesa espirrava de vez em quando. Quanto ao bebé, chorava e espirrava alternadamente, sem parar. Só a cozinheira e um grande gato que estava sentado ao borralho e que sorria de orelha a orelha não espirravam.

– Diga-me, por favor, porque está o seu gato a sorrir daquela maneira? – pediu Alice um pouco a medo, pois não sabia se seria sinal de boa educação ser ela a falar em primeiro lugar.

– Porque é um gato de Cheshire. Porco! – disse a Duquesa.

Pronunciou esta última palavra com uma tal violência que Alice deu um grande salto. Mas, no momento seguinte, percebeu que fora dirigida ao bebé e não a ela. Então, ganhou coragem e continuou:

– Eu não sabia que os gatos de Cheshire sorriam. Na verdade, desconhecia mesmo que os gatos sabiam sorrir.

– Claro que sabem e a maior parte deles fá-lo – disse a Duquesa.

– Não conheço nenhum que sorria – replicou Alice, com muita delicadeza, satisfeita por ter conseguido arranjar conversa.

– Sabes pouco, é o que é – disse a Duquesa.

Alice não gostou do tom deste comentário e achou que era uma boa ocasião para mudar de assunto. Enquanto tentava descobrir outro, a cozinheira retirou do lume o caldeirão da sopa e, no mesmo instante, começou a atirar tudo o que tinha à mão à Duquesa e ao bebé: as tenazes vieram em primeiro lugar; seguiu-se uma chuva de tachos, travessas e pratos. A Duquesa nem reparava neles, mesmo quando a atingiam; e o bebé chorava tanto que era impossível dizer se estava magoado ou não.

— Oh, *por favor*, tenha cuidado com o que faz! — gritou Alice, aterrorizada, levantando-se de um salto. — Oh, lá vai aquele narizinho *lindo*! — disse, no momento em que um enorme tacho rasou o nariz do bebé, quase lho arrancando.

— Se toda a gente se metesse na sua vida — resmungou a Duquesa — o mundo rodaria mais depressa.

— O que *não* seria uma vantagem — disse Alice, que se sentia muito contente por ter uma oportunidade de exibir os seus conhecimentos. — Pense na confusão que traria à sucessão dos dias e das noites! É que a Terra leva vinte e quatro horas a dar uma volta em torno do seu eixo…

— A propósito… Corta-lhe a cabeça! — disse a Duquesa.

Alice lançou um olhar ansioso à cozinheira para ver se ela se dera conta das palavras da Duquesa, mas ela estava ocupada a mexer a sopa e parecia não dar atenção a nada. Por isso, Alice continuou:
– *Creio* que são vinte e quatro horas... Ou serão doze? Eu...
– Ora, por favor, não *me* aborreças! – disse a Duquesa. – Nunca suportei gente importante!
E ao dizer isto, recomeçou a embalar o bebé, trauteando uma espécie de canção de embalar e dando-lhe um violento abanão, de vez em quando, no fim de cada frase:

«Ralha com o teu filho,
 E bate-lhe quando ele espirrar:
Ele só faz isso
 Porque sabe que está a incomodar.»

CORO

(ao qual se juntaram a cozinheira e o bebé):

«Lá-Lá-Lá.»

Ao cantar o segundo verso da canção, a Duquesa abanou o bebé com violência. O pobrezinho chorou de tal modo que Alice a custo conseguiu ouvir as palavras:

«Ralho com o meu filho,
 E bato-lhe quando espirrar
Pois ele cheira a pimenta
 Só para se deleitar!»

CORO

«Lá-Lá-Lá.»

– Toma! Pega-lhe e embala-o um pouco, se quiseres – disse a Duquesa, atirando o bebé a Alice enquanto falava. – Estou com pressa. Tenho de ir jogar *croquet* com a Rainha.

E saiu da sala, a correr. A cozinheira atirou-lhe com uma frigideira, mas errou a pontaria.

Alice teve certas dificuldades em pegar no bebé. Este esticava os braços e as pernas em todas as direcções, «como uma estrela-do-mar», pensou Alice. Quando ela lhe pegou ao colo, o pobrezinho roncou como se fosse uma máquina a vapor e, durante os dois primeiros minutos, não parou de se dobrar e esticar.

Assim que Alice descobriu a melhor maneira de o embalar (que era torcê-lo como se fosse uma espécie de nó e mantê-lo preso pela orelha direita e pelo pé esquerdo, para evitar que o nó se desfizesse) levou-o para o ar livre. «Se eu não levar esta criança comigo», pensou Alice, «tenho a certeza de que acabarão por matá-la. Não será um crime deixá-la aqui?» As últimas palavras foram pronunciadas em voz alta e, como resposta, o bebé deu um ronco (nesta altura já parara de espirrar).

– Não ronques! – disse-lhe Alice. – Não é maneira de te comportares.

O bebé voltou a roncar e Alice examinou-lhe a cara com mais atenção. Não havia dúvida de que tinha um nariz *bastante* arrebitado, que mais parecia uma tromba do que um nariz a sério. Os olhos também eram pequenos de mais para um bebé. Realmente, o conjunto não era do agrado de Alice. «Mas talvez seja de tanto chorar», pensou, e espreitou-lhe de novo os olhos para ver se tinham lágrimas.

Não, não tinham lágrimas.

— Se vais transformar-te num porco, meu querido, não quero mais nada contigo. Não te esqueças disso! — disse-lhe Alice, num tom sério.

O pobrezinho soltou um novo soluço (ou um novo ronco) e por instantes fez-se um silêncio.

Alice estava precisamente a pensar: «Agora, o que hei-de fazer com ele quando chegar a casa?», quando o bebé voltou a roncar, desta vez com tal força que ela olhou-o, aterrorizada. Agora, era impossível enganar-se: o bebé não passava de um porco, e Alice achou que era um absurdo continuar a pegar-lhe ao colo.

Por isso pô-lo no chão e sentiu-se muito aliviada ao ver que o bichinho se afastou a correr, na direcção do bosque. «Se tivesse crescido», pensou Alice, «teria dado um menino muito feio, mas assim dará um porco bem bonito.» E começou a pensar nas crianças que conhecia e que poderiam muito bem passar por porcos. «Se ao menos soubéssemos como modificá-los...» Nesse momento, ficou um pouco admirada ao avistar o Gato de Cheshire empoleirado no galho de uma árvore, alguns metros adiante.

O gato sorriu quando viu Alice. Parecia bem-disposto, mas, mesmo assim, tinha umas grandes unhas e muitos dentes, por isso era melhor tratá-lo com respeito.

— Gatinho — chamou Alice, bastante receosa, pois não estava certa que ele gostasse de ser tratado assim. Mas o Gato sorriu ainda mais. «Até agora não se zangou», pensou Alice. E continuou: — Podes dizer-me, por favor, como hei-de sair daqui?

— Isso depende muito do sítio para onde quiseres ir — respondeu o Gato.

– Não me interessa muito para onde… – disse Alice.

– Nesse caso, podes ir por um lado qualquer – respondeu o Gato.

– Desde que vá ter a *qualquer lado* – acrescentou Alice, em jeito de explicação.

– Oh, para que isso aconteça, tens de caminhar muito – disse o Gato.

Alice achou que isto era inegável e por isso tentou outra pergunta:

– Que espécie de gente vive por aqui?

– Naquela direcção – disse o Gato, levantando a pata direita – vive um Chapeleiro, e naquela, uma Lebre de Março. Vai visitar o que quiseres, são ambos loucos.

– Mas eu não quero estar ao pé de gente louca – respondeu Alice.

– Oh, não podes evitá-lo – disse o Gato. – Aqui, todos são loucos. Eu sou louco. Tu és louca.

– Como sabes que eu sou louca? – perguntou Alice.
– Tens de ser, de outro modo não estarias aqui.

Alice não achava que isso provasse coisa nenhuma, mas continuou:

– E como sabes que és louco?
– Para começar, um cão não é louco. Aceitas isso? – perguntou o Gato.
– Creio que sim – respondeu Alice.
– Bem, nesse caso... – continuou o Gato. – Um cão rosna quando está zangado e abana o rabo quando está satisfeito. Ora eu rosno quando estou satisfeito e abano o rabo quando estou zangado. Por isso sou louco.
– Eu chamo a isso ronronar, e não rosnar – disse Alice.
– Chama-lhe o que quiseres – disse o Gato. – Vais jogar *croquet* com a Rainha hoje?
– Gostaria muito, mas ainda não fui convidada – respondeu Alice.
– Encontramo-nos lá – disse o Gato.

E desapareceu.

Alice não ficou muito admirada com isto pois já estava habituada a que se passassem coisas estranhas. De repente voltou a vê-lo no sítio em que desaparecera.

– A propósito, o que é feito do bebé? – quis saber o Gato. – Quase me esquecia de perguntar por ele.
– Transformou-se num porco – respondeu Alice, muito calma, como se não se tivesse passado nada de anormal.
– Era o que eu pensava – disse o Gato.

E voltou a desaparecer.

Alice esperou um pouco, a ver o que acontecia, mas o Gato não voltou a aparecer. Então, encaminhou-se para a casa onde lhe haviam dito que vivia a Lebre de Março. «Já vi vários chapeleiros», pensou Alice. «A Lebre de Março é que deve ser interessante, e como estamos em Maio, talvez já não esteja louca... Pelo menos tão louca como estava em Março.» Ao dizer isto, olhou para cima, e lá estava o Gato outra vez, empoleirado no ramo.

– Disseste porco ou torto? – perguntou-lhe o Gato.

– Disse porco – respondeu Alice. – E preferia que não continuasses a aparecer e a desaparecer assim tão de repente. Fazes-me ficar tonta.

– Está bem – disse o Gato.

E dessa vez desapareceu muito devagarinho, começando pela ponta da cauda e acabando no sorriso, que permaneceu ainda no ar por algum tempo, depois de ele já se ter ido embora.

«Bem, já vi muitas vezes um gato sem um sorriso», pensou Alice, «mas nunca vi um sorriso sem um gato! Nunca vi nada tão estranho na minha vida!»

Ainda não andara muito quando avistou a casa da Lebre de Março. Pensou que deveria ser aquela, pois as chaminés eram do feitio de orelhas e o telhado estava coberto de pele. A casa era tão grande que ela não se atreveu a aproximar-se sem dar uma dentada no bocado de cogumelo que conservava na mão esquerda e atingir a altura de sessenta centímetros. Mesmo assim, continuou o caminho a medo, dizendo com os seus botões: «E se ela é mesmo louca? Quem me dera ter ido antes visitar o Chapeleiro!»

VII

UM LANCHE MALUCO

A Lebre de Março e o Chapeleiro estavam a tomar chá numa mesa debaixo de uma árvore, em frente da casa. Apoiavam os cotovelos sobre um Arganaz, que estava sentado entre eles, meio adormecido, e que lhes servia de almofada.

«Deve ser muito desconfortável para o Arganaz», pensou Alice, «mas como está a dormir, é natural que não se importe.»

A mesa era muito comprida, mas estavam os três encolhidos a um canto.

– Não há espaço! Não há espaço! – exclamaram ao ver Alice aproximar-se.

– Há muito espaço! – replicou Alice, indignada.

E sentou-se numa enorme poltrona que havia no topo da mesa.

– Bebe vinho – disse a Lebre de Março num tom encorajador.

Alice percorreu a mesa com o olhar mas só viu chá e perguntou:

– Onde está o vinho?

– Não há – respondeu a Lebre de Março.

– Nesse caso, não é muito delicado da tua parte estares a oferecer-mo – disse Alice, zangada.

— Também não foi muito delicado da tua parte sentares-te sem seres convidada – disse a Lebre de Março.

— Eu não sabia que a mesa era *vossa*. Está posta para mais de três pessoas – respondeu Alice.

— Precisas de cortar o cabelo – disse o Chapeleiro.

Estivera a observar Alice com grande curiosidade e foi esta a primeira vez que falou.

— Devias aprender a não fazer comentários pessoais – disse Alice com alguma severidade. – É uma grande falta de educação.

Ao ouvir isto, o Chapeleiro abriu muito os olhos, mas tudo o que disse foi:

— Em que se parece um corvo com uma secretária?

«Finalmente vamos divertir-nos!», pensou Alice. «Ainda bem que eles começaram a dizer adivinhas.»

— Acho que sei essa – acrescentou em voz alta.

— Queres dizer que sabes qual é a resposta? – perguntou a Lebre de Março.

— Exactamente isso – disse Alice.

— Nesse caso, deves explicar-te quando falas – continuou a Lebre de Março.

– É o que eu faço – apressou-se a responder Alice. – Pelo menos, quando falo, explico-me... É a mesma coisa...

– Não é a mesma coisa! – ripostou o Chapeleiro. – Podes muito bem dizer «Eu vejo o que como», que não é a mesma coisa que «Eu como o que vejo».

– Podias muito bem dizer «Eu gosto do que tenho», que não é a mesma coisa que «Eu tenho o que gosto» – acrescentou a Lebre de Março.

– Podias muito bem dizer «Eu respiro quando estou a dormir», que não é a mesma coisa que «Eu durmo quando estou a respirar» – disse o Arganaz que parecia estar a dormir enquanto falava.

– É o que se passa contigo – disse o Chapeleiro.

E aqui a conversa morreu. Todos ficaram em silêncio enquanto Alice tentava lembrar-se de tudo o que sabia a respeito de corvos e de secretárias, e que não era muito.

O Chapeleiro foi o primeiro a quebrar o silêncio.

– Em que dia do mês estamos? – perguntou, voltando-se para Alice.

Tirara o relógio e olhava-o, inquieto, abanando-o de vez em quando e levando-o ao ouvido.

Alice pensou e depois respondeu:

– A quatro.

– Dois dias atrasado! – disse o Chapeleiro com um suspiro. – Bem te disse que a manteiga não lhe faria bem! – acrescentou, lançando à Lebre de Março um olhar furibundo.

– Era manteiga da *melhor* qualidade – respondeu a Lebre de Março com brandura.

– Sim, mas também devem ter entrado migalhas lá para dentro – resmungou o Chapeleiro. – Não devias ter usado a faca do pão.

A Lebre de Março pegou no relógio e olhou-o com um ar tristonho. Depois, mergulhou-o na chávena cheia de chá e voltou a olhar para ele. Mas não sabia dizer mais nada senão repetir:

— Era manteiga da *melhor* qualidade.

Alice estivera a observar o relógio por cima do seu ombro, com alguma curiosidade.

— Que relógio tão engraçado! — comentou. — Indica o dia do mês mas não indica as horas!

— Porque haveria de o fazer? — disse o Chapeleiro entre dentes. — O *teu* relógio indica o ano em que estamos?

— Claro que não — respondeu Alice muito depressa —, mas isso é porque um ano dura muito tempo.

— O que é exactamente o caso do *meu* — disse o Chapeleiro.

Alice sentiu-se terrivelmente confusa. O comentário do Chapeleiro parecia não ter qualquer significado e, contudo, ele não dissera nenhuma palavra errada.

— Não te percebo muito bem — disse Alice, com toda a delicadeza que lhe foi possível.

— O Arganaz está a dormir outra vez — disse o Chapeleiro despejando-lhe um pouco de chá quente em cima do nariz.

O Arganaz abanou a cabeça, impaciente, e disse, sem abrir os olhos:

— Claro! Claro! Era mesmo o que eu ia dizer.

— Já sabes a resposta da adivinha? — perguntou o Chapeleiro voltando-se de novo para Alice.

— Não. Desisto — respondeu Alice. — Qual é a resposta?

— Não faço a menor ideia — disse o Chapeleiro.

— Nem eu — acrescentou a Lebre de Março.

Alice suspirou de cansaço.

— Acho que vocês podiam passar melhor o tempo em vez de gastá-lo com adivinhas que não têm resposta.

— Se conhecesses o tempo tão bem como eu, não falarias em gastá-lo.

— Não percebo o que queres dizer — disse Alice.

– Claro que não percebes! – replicou o Chapeleiro, abanando a cabeça com um ar de desprezo. – Era capaz de apostar que nunca falaste com o tempo!

– Talvez não – respondeu Alice à cautela. – Mas sei que tenho de bater tempos durante as lições de música.

– Ora, nem mais! – replicou o Chapeleiro. – Ele não suporta que lhe batam. Mas se estiveres de boas relações com ele, deixa-te fazer quase tudo o que quiseres com o relógio. Por exemplo, imagina que são nove horas da manhã, precisamente a altura de começar as lições. Só tens que fazer um sinal ao tempo e o relógio avança num abrir e fechar de olhos! Uma e meia, horas de almoçar!

(«Quem me dera que fosse assim», disse a Lebre de Março com os seus botões.)

– Isso seria uma grande coisa, na verdade – disse Alice com um ar pensativo. – Mas, nesse caso... Eu não teria vontade de almoçar.

– A princípio talvez não – disse o Chapeleiro. – Mas poderias fazer com que a uma e meia durasse até te apetecer.

– É assim que *tu* fazes? – perguntou Alice.

O Chapeleiro abanou a cabeça tristemente e respondeu: – Eu, não! Em Março tivemos uma briga... Antes de *ela* enlouquecer, percebes? (e apontou para a Lebre de Março com a colher do chá). Foi durante o grande concerto dado pela Rainha de Copas, e eu tive de cantar:

Brilha, brilha, morceguinho!
Como te invejo!

Talvez conheças a canção...
– Já ouvi qualquer coisa parecida – respondeu Alice.
– Continua assim:

Voa pelo céu
Como um tabuleiro de chá. Brilha, brilha...

Nesta altura, o Arganaz sacudiu-se e começou a cantar, em pleno sono:
– *Brilha, brilha, brilha, brilha...*
E como nunca mais se calava, tiveram de dar-lhe um beliscão.
– Mal tinha acabado a primeira estrofe – continuou o Chapeleiro – quando a Rainha deu um pulo e começou a gritar:
«Ele está a assassinar o tempo! Cortem-lhe a cabeça!»
– Que horror! – exclamou Alice.
– E desde então que ele não me faz uma única coisa que eu lhe peça – lamuriou o Chapeleiro. – Agora são sempre seis horas.
Fez-se luz no cérebro de Alice.
– Então é por isso que têm tantos lugares postos à mesa? – perguntou.
– É – respondeu o Chapeleiro com um suspiro. – Estamos sempre na hora do chá, e não temos tempo de lavar a louça nos intervalos.
– E vão andando à roda da mesa, creio? – perguntou Alice.
– Exactamente. À medida que as coisas se vão gastando – respondeu o Chapeleiro.
– Mas o que acontece quando voltam ao princípio? – atreveu-se a perguntar Alice.
– Mudemos de assunto – interpôs a Lebre de Março com um bocejo. – Estou a ficar cansada desta conversa. Proponho que a menina nos conte uma história.

— Infelizmente não sei nenhuma – disse Alice, muito assustada com aquela sugestão.

— Então, o Arganaz conta uma! – gritaram ambos. – Acorda, Arganaz!

E beliscaram-no os dois ao mesmo tempo.

O Arganaz abriu os olhos devagarinho.

— Eu não estava a dormir – disse numa vozinha roufenha. – Ouvi tudo o que vocês estavam a dizer.

— Conta-nos uma história! – pediu a Lebre de Março.

— Sim, por favor! – suplicou Alice.

— E despacha-te, senão adormeces outra vez antes de acabares – acrescentou o Chapeleiro.

— Era uma vez três irmãzinhas – começou o Arganaz, à pressa – que se chamavam Elsie, Lacie e Tillie e viviam no fundo de um poço…

— E de que viviam elas? – perguntou Alice que se interessava sempre muito por tudo o que dissesse respeito a comer e a beber.

— Alimentavam-se de mel – respondeu o Arganaz depois de pensar durante um minuto ou dois.

— Isso é impossível – atalhou Alice com delicadeza. – Teriam adoecido.

— E foi o que aconteceu. Ficaram *muito* doentes.

Alice tentou imaginar como seria aquela extraordinária maneira de viver, mas estava muito confusa e continuou:

— Mas porque viviam elas no fundo de um poço?

— Bebe mais chá – disse-lhe a Lebre de Março com um ar muito sério.

— Ainda não bebi nenhum – respondeu Alice, ofendida –, por isso não posso beber mais.

— O que queres dizer é que não podes beber *menos* – atalhou o Chapeleiro. – É muito fácil tomar mais do que nada.

— Ninguém *te* pediu opinião – disse Alice.

– Quem é que está a fazer comentários pessoais agora? – perguntou o Chapeleiro com um ar triunfante.

Alice não sabia o que responder a isto, por isso serviu-se de chá e de pão com manteiga. Depois, voltou-se para o Arganaz e repetiu a pergunta:

– Mas porque viviam elas no fundo de um poço?

O Arganaz levou um minuto ou dois a responder e por fim respondeu:

– Era um poço de mel.

– Isso não existe!

Alice começava a ficar muito irritada, mas o Chapeleiro e a Lebre de Março mandaram-na calar e o Arganaz disse-lhe num tom azedo:

– Se não sabes ser educada, é preferível seres tu a acabar a história.

– Não! Continua, por favor! – pediu Alice com grande humildade. – Não voltarei a interromper-te. Tenho esperança de que haja mesmo uma história.

– Há, sim senhora! – exclamou o Arganaz, indignado.

No entanto, continuou:

– E as três irmãzinhas estavam a aprender a desenhar...

– O que desenhavam elas? – perguntou Alice, esquecendo a promessa.

– Mel – respondeu o Arganaz, desta vez sem pensar.

– Quero uma chávena limpa – interrompeu o Chapeleiro. – Vamos mudar de lugar.

Enquanto falava, levantou-se, seguido do Arganaz. A Lebre de Março foi para o lugar do Arganaz e Alice, muito contrariada, tomou o lugar da Lebre de Março. O Chapeleiro foi o único que ficou a ganhar com a troca. Alice ficara pior do que antes, uma vez que a Lebre de Março acabara de entornar o bule do leite no prato.

Alice não queria voltar a ofender o Arganaz, por isso começou a dizer, com cautela:

– Mas, eu não compreendo. Donde tiravam elas o mel?

– Se podes tirar água de um poço cheio de água, creio que também poderás tirar mel de um poço cheio de mel, não achas, minha estúpida?

Alice preferiu ignorar este comentário e continuou:

– Mas elas estavam *dentro* do poço.

– Claro que estavam! Bem lá dentro.

Esta resposta confundiu de tal modo a pobre Alice, que deixou falar o Arganaz durante algum tempo, sem o interromper.

– Estavam a aprender a desenhar – prosseguiu o Arganaz, bocejando e esfregando os olhos (estava a ficar muito sonolento) – e desenhavam toda a espécie de coisas... Todas as coisas que começavam por um M...

– Porquê por um M? – perguntou Alice.

– E porque não? – respondeu a Lebre de Março.

Alice calou-se.

Nesta altura, o Arganaz já fechara os olhos e dormia uma soneca. Mas, assim que o Chapeleiro lhe deu um beliscão, voltou a acordar, com um gritinho, e continuou:

– ... que começavam por um M, como *mata-ratos, memória, muito*... Quando dizemos muito... Já imaginaram como se desenha muito?

– Realmente, agora que me perguntas... – disse Alice, muito atrapalhada. – Não creio...

– Então não fales – disse o Chapeleiro.

Esta indelicadeza era mais do que Alice podia suportar. Levantou-se, muito aborrecida, e afastou-se. O Arganaz adormeceu instantaneamente, e nenhum dos outros pareceu dar pela sua partida, embora ela olhasse para trás uma ou duas vezes, na esperança de que a chamassem. Quando olhou pela última vez, ambos tentavam enfiar o Arganaz dentro do bule do chá.

– Seja qual for o motivo, nunca mais lá volto! – disse Alice, ao retomar o seu caminho no bosque. – Foi o lanche mais estúpido a que assisti na minha vida!

No momento em que disse isto, reparou que numa das árvores havia uma porta. «É curioso!», pensou. «Mas hoje tudo é curioso. Creio que poderei entrar imediatamente.» E assim fez.

Mais uma vez deu consigo no grande átrio, junto da pequena mesa de vidro.

«Desta vez, vou ser mais cuidadosa», pensou. E começou por pegar na minúscula chave dourada e abrir a porta que dava para o jardim. Depois, deu uma dentada no cogumelo (conservava ainda um bocado na algibeira) até atingir trinta centímetros de altura. Em seguida, desceu o pequeno corredor. E, finalmente, encontrou-se naquele jardim maravilhoso, entre canteiros de flores de cores vivas e fontes de água fresca.

VIII

O CAMPO DE «CROQUET» DA RAINHA

Junto da entrada do jardim havia uma enorme roseira. As suas rosas eram brancas, mas três jardineiros estavam a pintá-las de vermelho, muito atarefados. Alice achou isto estranho e aproximou-se deles para os ver melhor. Ouviu então um deles dizer:

– Tem cuidado, Cinco! Não me salpiques de tinta!

– Foi sem querer – respondeu o Cinco, irritado. – O Sete empurrou-me o cotovelo.

Ao ouvir isto, o Sete levantou o olhar e disse:

– Isso mesmo, Cinco! Sempre a deitar as culpas para cima dos outros!

– É melhor estares calado! – replicou o Cinco. – Ainda ontem ouvi a Rainha dizer que devias ser decapitado!

– Para quê? – perguntou o que falara em primeiro lugar.

– Não tens nada com isso, Dois! – disse o Sete.
– Tem, sim senhor! – exclamou o Cinco. – E eu vou-lhe dizer: foi porque trouxeste ao cozinheiro bolbos de túlipas em vez de cebolas.

O Sete atirou o pincel para o chão e começara a dizer:
– Bem, de todas as coisas injustas...

Quando deu, nessa altura, pela presença de Alice que os observava, calou-se. Os outros olharam também à volta e fizeram-lhe uma grande vénia.

– Podem dizer-me porque estão a pintar essas rosas? – perguntou Alice um pouco intimidada.

O Cinco e o Sete não responderam, mas olharam para o Dois. Este começou a explicar, em voz baixa:
– Sabe, menina, aqui devia estar uma roseira encarnada, mas nós enganámo-nos e plantámos uma branca. Se a Rainha descobre manda cortar-nos a cabeça, percebe? Por isso, estamos a fazer o melhor que podemos, antes que ela venha para...

Naquele momento, o Cinco, que estivera a vigiar o jardim, com um ar preocupado, gritou:
– A Rainha! A Rainha! A Rainha!

No mesmo instante, os três jardineiros atiraram-se para o chão, de cara voltada para baixo. Ouviu-se o barulho de muitos passos, e Alice olhou à volta, desejosa de ver a Rainha.

À frente vinham dez soldados que representavam o naipe de paus. Tal como os três jardineiros, tinham o feitio de uma carta de jogar – eram oblongos e chatos e tinham a cabeça e os pés junto dos ângulos. Seguiam-se dez cortesãos, enfeitados com o símbolo de ouros, que caminhavam a dois e dois, assim como os soldados. Depois, vinham as crianças da família real: eram dez e saltavam alegremente, de mãos dadas, aos pares. Estavam enfeitadas com o símbolo de copas. Seguiam-se os convidados, reis e rainhas na sua maior parte, entre os quais Alice reconheceu o Coelho Branco. Falava num tom apressado e nervoso, sorrindo com tudo o que ouvia, e passou sem a ver. Depois vinha o Valete de Copas, transportando a coroa do Rei numa almofada de veludo escarlate. No fim deste grande cortejo, vinham O REI E A RAINHA DE COPAS.

Alice não sabia se havia de deitar-se com a cara virada para o chão como os três jardineiros, mas não se lembrava sequer de ter ouvido dizer que os cortejos obrigassem a isso. Por outro lado, «de que serviria um cortejo», pensou, «se as pessoas fossem obrigadas a deitar-se com a cara virada para o chão e não pudessem vê-lo?» Por isso, ficou como estava e aguardou.

Quando o cortejo passou na sua frente, pararam todos a olhar para ela e a Rainha perguntou com um ar severo:

– O que é isto?

Dirigira-se ao Valete de Copas, que se limitou a fazer uma vénia e a sorrir.

– Idiota! – exclamou a Rainha, abanando a cabeça com impaciência.

E, voltando-se para Alice, prosseguiu:

– Como te chamas, menina?

– O meu nome é Alice, ao serviço de Sua Majestade – respondeu Alice com muita delicadeza.

Mas acrescentou para com os seus botões: «Ora, afinal, não passam de um baralho de cartas. Não preciso de ter medo deles!»

– E quem são estes? – perguntou a Rainha, apontando para os três jardineiros que estavam deitados à volta da roseira.

Como estavam deitados de barriga para baixo e o símbolo que traziam nas costas era igual ao do resto do baralho, a Rainha não sabia se eles eram jardineiros, soldados, cortesãos, ou simplesmente três dos seus filhos.

— Como hei-de saber? — perguntou Alice, admirada com a sua própria coragem. — Não tenho nada com isso.

A Rainha ficou vermelha de fúria e depois de olhar para ela como se fosse um animal selvagem gritou:

— Cortem-lhe a cabeça! Cortem-lhe...

— Que disparate! — exclamou Alice em voz alta e com um ar decidido.

A Rainha calou-se. O Rei pousou-lhe a mão no braço e disse-lhe, um pouco intimidado:

— Reconsidera, minha querida! Ela não passa de uma criança!

Furiosa, a Rainha afastou-se e disse ao Valete:

— Volta-os ao contrário!

O Valete obedeceu, virando os três jardineiros com o pé, cheio de cuidados.

– Levantem-se! – gritou a Rainha num tom estridente.

No mesmo instante, os três jardineiros puseram-se de pé num salto e começaram a fazer vénias ao Rei, à Rainha, aos pequenos príncipes e a toda a gente.

– Deixem-se disso! – gritou a Rainha. – Fazem-me náuseas.

Em seguida, voltando-se para a roseira, perguntou-lhes:

– O que estavam vocês a fazer ali?

– Com licença de Vossa Majestade – respondeu o Dois, num tom muito humilde, pondo um joelho em terra enquanto falava –, estávamos a tentar...

– Estou a entender! – disse a Rainha, que entretanto estivera a examinar as rosas. – Cortem-lhes a cabeça.

E o cortejo pôs-se em movimento. Apenas três soldados ficaram para trás para executar os três infelizes jardineiros que correram para Alice, em busca de protecção.

– Descansem que não serão decapitados! – disse Alice, escondendo-os dentro de um grande vaso que havia ali perto.

Os três soldados procuraram-nos durante um minuto ou dois, mas por fim foram tranquilamente juntar-se aos outros.

– Já lhes cortaram a cabeça? – perguntou a Rainha.

– Já não têm cabeça, com licença de Vossa Majestade – gritaram os três em uníssono.

– Está bem! – disse a Rainha. – Sabes jogar *croquet*?

Os soldados calaram-se e olharam para Alice, uma vez que a pergunta era evidentemente dirigida a ela.

– Sei! – gritou Alice.

– Então, vem daí! – berrou a Rainha.

Alice juntou-se ao cortejo, desejosa de saber o que iria acontecer a seguir.

– Está... Está um dia muito bonito! – disse uma voz tímida a seu lado.

Alice reparou então que caminhava ao lado do Coelho Branco que espreitava o seu rosto com ansiedade.

– Muito bonito! – respondeu Alice. – Onde está a Duquesa?

– Chiu! Chiu! – apressou-se a dizer o Coelho, em voz baixa.

Enquanto falava, olhou por cima do ombro, com ar preocupado. Em seguida, pôs-se em bicos de pés, encostou a boca ao ouvido de Alice e segredou-lhe:

– Ela foi condenada à morte.

– Porquê? – perguntou Alice.

– Disseste «Que pena!»? – perguntou o Coelho.

– Não. Não acho que seja uma pena. Perguntei: «Porquê?» – respondeu Alice.

– Deu uma bofetada à Rainha... – começou a dizer o Coelho.

Alice soltou uma pequena gargalhada sonora.

– Oh! Chiu! – segredou o Coelho, assustado. – A Rainha vai ouvir-te! Sabes, ela chegou atrasada e a Rainha disse...

– Tomem os vossos lugares! – gritou a Rainha com voz de trovão.

As pessoas começaram a correr em todas as direcções, tropeçando umas nas outras. No entanto, um ou dois minutos depois estavam instalados e o jogo começou. Alice pensou que nunca vira um jogo de *croquet* tão estranho como aquele: o terreno era cheio de desníveis e de sulcos, as bolas eram ouriços, flamingos faziam de tacos e os soldados tinham de dobrar-se, com as mãos no chão, para servirem de arcos.

A princípio, a principal dificuldade de Alice foi manejar o seu flamingo: conseguiu enfiá-lo debaixo do braço, de modo a sentir-se confortável, com as pernas penduradas; mas, em geral, precisamente quando conseguia esticar-lhe o pescoço e se preparava para dar uma estocada no ouriço, o flamingo começava a torcer-se para todos os lados e olhava-a com um ar tão confuso que ela não podia deixar de desatar a rir. E quando conseguia pôr-lhe a cabeça para baixo e se preparava para recomeçar, era irritante verificar que o ouriço se desenrolara e começara a fugir. Além disso, havia quase sempre um desnível ou um sulco no sítio para onde ela queria atirar o ouriço e, como os soldados estavam sempre a levantar-se e a afastar-se para outras zonas do campo, Alice em breve chegou à conclusão de que aquele era um jogo verdadeiramente difícil.

Os jogadores jogavam todos ao mesmo tempo sem esperar pela sua vez, não paravam de discutir e lutavam pela posse dos ouriços. E pouco depois a Rainha tinha um acesso de fúria e, dando grandes passadas, gritava:

– Cortem-lhe a cabeça! Cortem-lhe a cabeça!

Alice começava a sentir-se muito pouco à vontade: para falar verdade, ainda não tivera nenhuma discussão com a Rainha mas sabia que ela poderia desencadear-se a qualquer momento. «E, nesse caso», pensou, «o que seria de mim? Aqui gostam tanto de cortar a cabeça às pessoas, que até é caso para admirar que ainda haja alguém vivo!»

Procurava uma forma de se escapar, e perguntava-se se conseguiria escapulir-se sem ser vista, quando reparou numa estranha aparição no ar. A princípio ficou muito intrigada, mas depois de observá-la durante um minuto ou dois, percebeu que se tratava de um sorriso e disse para consigo: «É o gato de Cheshire. Felizmente já tenho alguém com quem conversar.»

– Como estás a sair-te com o jogo? – perguntou o Gato, assim que teve boca para falar.

Alice esperou que aparecessem os olhos, mas, em seguida, abanou a cabeça. «Não vale a pena falar com ele», pensou, «antes de as orelhas aparecerem, pelo menos uma.» No minuto seguinte, surgiu toda a cabeça. Então, Alice pousou o seu flamingo e começou a relatar o jogo, muito satisfeita por ter alguém que lhe desse atenção. O Gato parecia pensar que a cabeça era suficiente e não mostrara mais nenhuma parte do corpo.

– Não acho que eles joguem nada bem – começou Alice, em tom de lamento. – Discutem tanto que nem se ouvem uns aos outros... E não parece haver quaisquer regras; pelo menos se as há, ninguém as segue... E não fazes ideia da confusão que provocam todos aqueles animais vivos. Por exemplo, ali está o arco em que eu deveria ter atravessado, quando chegasse ao outro lado do campo... E teria dado uma tacada no ouriço da Rainha, se ele não tivesse fugido assim que viu o meu a chegar!

– Gostas da Rainha? – perguntou o Gato em voz baixa.

– Não – respondeu Alice. – Ela...

Precisamente nesse momento, Alice reparou que a Rainha estava a seu lado, a escutar o que ela dizia, e concluiu:

– ... joga tão bem que quase nem vale a pena acabar o jogo.

A Rainha sorriu e continuou a andar.

– Com quem estás a falar? – perguntou o Rei, vindo ao encontro de Alice e olhando para a cabeça do Gato com grande curiosidade.

– Com um amigo meu, o Gato de Cheshire... Permita-me que lho apresente.

– Não me agrada o seu aspecto – disse o Rei. – No entanto, pode beijar-me a mão, se quiser.

– Prefiro não o fazer – interpôs o Gato.

– Não sejas impertinente, e não olhes para mim dessa maneira! – exclamou o Rei.

E pôs-se atrás de Alice enquanto falava.

– Um gato pode olhar para um rei – disse Alice. – Li isto num livro qualquer mas não me recordo em qual.

– Bem, este Gato tem de ser afastado – disse o Rei com um ar muito decidido.

Chamou a Rainha, que ia a passar naquele momento, e disse-lhe:

– Minha querida, quero que tirem este Gato daqui!

A Rainha só tinha uma maneira de resolver todas as dificuldades, quer fossem grandes ou pequenas:

– Cortem-lhe a cabeça! – gritou, mesmo sem olhar.

– Eu próprio irei buscar o carrasco – disse o Rei com impaciência.

E desapareceu, a correr.

Alice pensou que também era altura de voltar, para ver como o jogo estava a decorrer, quando ouviu a voz da Rainha, ao longe, gritando com desespero. Já a ouvira condenar à morte três dos jogadores por terem perdido a sua vez, e não lhe agradava o rumo que as coisas estavam a tomar, pois a confusão era tal que ela já nem sabia quando deveria jogar.

Por isso, foi à procura do seu ouriço.

Foi encontrá-lo a lutar com um outro, o que lhe pareceu uma oportunidade excelente para lhe dar uma tacada. Mas havia uma dificuldade: o seu flamingo fugira para a outra extremidade do jardim e tentava desesperadamente voar para cima de uma árvore.

Quando Alice conseguiu apanhar o flamingo e trazê-lo para o seu lugar, os dois ouriços tinham desaparecido. «Mas não tem grande importância», pensou Alice, «porque também já não há arcos deste lado do campo.» Então, apertou-o bem debaixo do braço, para que não voltasse a fugir e foi dar mais dois dedos de conversa ao seu amigo.

Quando chegou junto do Gato de Cheshire, ficou admirada ao encontrar uma grande multidão à sua volta: travava-se uma discussão entre o carrasco, o Rei e a Rainha, que falavam todos ao mesmo tempo, enquanto os restantes os ouviam em silêncio e muito pouco à vontade.

No momento em que Alice apareceu, foi chamada pelos três para resolver a questão. Repetiram-lhe os seus argumentos mas, como falavam todos ao mesmo tempo, foi-lhe muito difícil entender o que diziam.

O carrasco defendia que não se podia cortar uma cabeça se não existia um corpo – nunca na vida fizera semelhante coisa e não era naquela idade que iria começar.

O Rei dizia que tudo o que tinha cabeça podia ser decapitado, e que o carrasco só dizia disparates.

O argumento da Rainha consistia em ameaçar cortar a cabeça a toda a gente se a sua ordem não fosse cumprida imediatamente. (Este comentário era a causa do ar grave e preocupado dos circundantes.)

Alice não encontrou nada melhor para dizer senão:

– O Gato pertence à Duquesa. É melhor ser *ela* a decidir.

– Ela está na prisão. Vai buscá-la – ordenou a Rainha ao carrasco.

Este desapareceu com a rapidez de uma seta.

A cabeça do Gato começou a desvanecer-se no momento em que o carrasco desapareceu e, quando ele regressou com a Duquesa, já ninguém o viu. Então, o Rei e o carrasco começaram a procurá-lo desesperadamente, enquanto o resto do grupo retomava o jogo.

IX

A HISTÓRIA DA FALSA TARTARUGA

– Não imaginas como estou contente por voltar a ver-te, minha querida! – disse a Duquesa, dando uma palmadinha afectuosa no braço de Alice.

E afastaram-se juntas.

Alice estava muito contente por encontrá-la tão bem-disposta, e pensou que só a pimenta podia ser a responsável pelo acesso de brutalidade que presenciara na cozinha.

«Quando eu for Duquesa», pensou (não muito esperançada), «não terei pimenta na cozinha. A sopa passa muito bem sem ela... Talvez seja a pimenta que põe as pessoas irritadas», muito satisfeita por ter descoberto uma espécie de regra. «O vinagre fá-las azedas... A camomila fá-las amargas... E o açúcar faz as crianças doces. Quem me dera que toda a gente soubesse *isto*: assim não seriam tão mesquinhas...»

Nesta altura esquecera-se por completo da Duquesa e foi com alguma surpresa que a sentiu segredar-lhe ao ouvido:

– Estás a pensar em qualquer coisa, minha querida. Até te esqueces de falar. Neste momento não posso dizer-te qual é a moral desses pensamentos, mas tentarei encontrá-la.

– Talvez não exista nenhuma moral – atreveu-se a responder Alice.

– Cala-te, menina! – disse a Duquesa. – Tudo tem uma moral. Basta que dêmos com ela.

E, enquanto falava, encostava-se cada vez mais a Alice.

Não agradava a Alice estar assim tão perto dela: em primeiro lugar, porque a Duquesa era muito feia; em segundo, porque, devido à sua baixa estatura, apoiava o queixo pontiagudo no seu ombro, o que se tornava bastante incómodo. No entanto, Alice não gostava de ser malcriada e suportou-o como pôde.

– O jogo está a correr bastante melhor, agora – disse, para fazer conversa.

– É verdade – respondeu a Duquesa. – E a moral disto é a seguinte: «É o amor que faz o mundo rodar.»

– Alguém disse que o que faz o mundo rodar é que cada um se meta na sua vida – atalhou Alice em voz baixa.

– Ah, bem! Isso quer dizer a mesma coisa – respondeu a Duquesa enterrando ainda mais o queixo pontiagudo no ombro de Alice.

– E a moral disso é: «Ocupa-te do sentido que os sons se ocuparão de si próprios.»

«Como ela gosta de descobrir uma moral nas coisas!», pensou Alice.

– Aposto que ainda não percebeste porque não te passei o braço à roda da cintura – disse a Duquesa, instantes depois. – A verdade é que desconfio do feitio do teu flamingo. Achas que tente?

– Ele pode morder-lhe – advertiu Alice, desejosa de que ela não fizesse a experiência.

– Lá isso é verdade – concordou a Duquesa. – Os flamingos mordem, tal como a mostarda. E a moral disso é: «Os pássaros de uma só pena voam no mesmo bando.»

– Mas a mostarda não é um pássaro! – replicou Alice.

– Tens razão, como de costume – disse a Duquesa. – Que maneira clara tens de apresentar os assuntos!

– *Creio* que é um mineral – acrescentou Alice.

– Claro que é – respondeu a Duquesa, que parecia disposta a concordar com tudo o que Alice dizia. – Perto da minha casa existe uma grande mina de mostarda. E a moral disso é: «Quanto mais eu tenho, menos tu tens.»

– Oh, já sei! – exclamou Alice, que não dera atenção a este último comentário. – É um vegetal. Não parece, mas é.

– Concordo inteiramente contigo – disse a Duquesa. – E a moral disso é: «Sê o que aparentas», ou, de uma maneira mais simples: «Nunca te imagines diferente do que pode parecer aos outros, porque se foste diferente, também eles te imaginaram diferente.»

– Teria entendido melhor o que disse, se o tivesse escrito – respondeu Alice, com muita delicadeza. Não consegui seguir as suas palavras.

– E isto não é nada comparado com o que eu poderia dizer, se quisesse – replicou a Duquesa num tom satisfeito.

– Por favor, não se incomode a dizer mais nada – pediu Alice.

– Ora, não fales em incómodo! Tudo o que tenho estado a dizer é como se fosse um presente que te dou – disse a Duquesa.

«Mas que fraco presente!», pensou Alice. «Ainda bem que não me dão presentes de aniversário como este!» Mas não se atreveu a dizer isto em voz alta.

– Estás a pensar outra vez? – perguntou a Duquesa, fincando mais o queixo no ombro de Alice.

– Tenho o direito de pensar – respondeu Alice com rudeza, pois estava a começar a aborrecer-se.

– Tens tanto direito de pensar como os porcos têm de voar e a m...

Mas, para grande surpresa de Alice, naquele momento a voz da Duquesa desvaneceu-se, mesmo no meio da sua palavra preferida, e o braço que apoiara no seu começou a tremer. Alice olhou à volta, e lá estava a Rainha em frente delas, de braços cruzados e sobrolho franzido, o que era sinal de tempestade.

– Está um belo dia, Majestade! – disse a Duquesa em voz baixa e débil.

– Agora vou fazer-te um aviso! – gritou a Rainha, batendo com os pés no chão enquanto falava. – Ou desapareces, ou ficas sem cabeça, e não tens tempo a perder! Agora, escolhe!

A escolha da Duquesa consistiu em desaparecer no mesmo instante.

– Vamos continuar o jogo – disse a Rainha a Alice.

Alice estava demasiado assustada para dizer fosse o que fosse, e seguiu-a lentamente na direcção do campo de *croquet*.

Os outros convidados tinham aproveitado a ausência da Rainha para descansarem à sombra. Contudo, assim que a viram, apressaram-se a retomar o jogo. A Rainha limitou-se a avisá-los de que um minuto de atraso lhes custaria a vida.

Enquanto o jogo durou, a Rainha nunca deixou de discutir com os outros jogadores nem de gritar:

– Cortem-lhes a cabeça! Cortem-lhes a cabeça! – Aqueles que ela sentenciou foram levados sob custódia pelos soldados, que, deste modo, foram obrigados a deixar de fazer de arcos. Assim, ao cabo de meia hora de jogo, já não havia arcos, e todos os jogadores, com excepção do Rei, da Rainha e de Alice, tinham partido sob custódia para serem executados.

Então, a Rainha abandonou o jogo, já sem fôlego, e perguntou a Alice:

– Já viste a Falsa Tartaruga?

– Não – respondeu Alice. – Nem sequer sei o que é uma Falsa Tartaruga.

– É aquilo de que é feita a Sopa de Falsa Tartaruga – respondeu a Rainha.

– Nunca vi nem ouvi falar de nenhuma – disse Alice.

– Vem, então, e ouvi-la-ás contar a sua história – disse a Rainha.

No momento em que se afastavam, Alice ouviu o Rei dizer em voz baixa a todo o grupo:

– Estão todos perdoados.

«Ainda bem! É uma boa acção!», pensou Alice, que se sentira muito infeliz com o número de execuções que a Rainha ordenara.

Pouco depois, encontraram um Grifo deitado ao sol, semiadormecido. (Se não sabem o que é um Grifo, olhem para o desenho.)

– Levanta-te, preguiçoso! – disse a Rainha e leva esta jovem junto da Falsa Tartaruga para que ouça a sua história. Eu tenho de voltar para ver se as execuções que ordenei foram levadas a cabo.

E afastou-se, deixando Alice sozinha com o Grifo. Alice não gostava muito do aspecto dele, mas pensou que seria mais seguro ficar ali do que acompanhar aquela Rainha selvagem. Por isso ali ficou à espera.

O Grifo sentou-se e esfregou os olhos. Depois, procurou com o olhar a Rainha, que já desaparecera. Então, riu-se à socapa e disse, em parte para Alice, em parte para si próprio:

– Que engraçado!

– Qual é a graça? – perguntou Alice.

– *Ela* – respondeu o Grifo. – Aquilo é tudo a fingir. Eles nunca executam ninguém, sabes? Anda daí!

«Toda a gente diz: "Anda daí!"», pensou Alice. «Nunca recebi tantas ordens na minha vida, nunca!»

Ainda não tinham andado muito quando avistaram à distância a Falsa Tartaruga, sentada num pequeno rochedo, sozinha e com um ar triste. Ao aproximar-se, Alice ouviu-a suspirar como se tivesse o coração despedaçado. Teve muita pena dela.

– Qual é o seu desgosto? – perguntou ao Grifo.

– Aquilo é tudo a fingir: ela não tem desgosto nenhum, sabes? Anda daí! – foram as palavras do Grifo, muito semelhantes às da resposta anterior.

Dirigiram-se então para junto da Falsa Tartaruga, que os mirou com os seus olhos grandes, cheios de lágrimas, e não disse nada.

– Trago-te aqui esta menina, que quer conhecer a tua história – disse o Grifo.

– Vou contar-lha – disse a Falsa Tartaruga. – Sentem-se e não digam uma palavra antes de eu acabar de falar.

Sentaram-se os dois e, durante alguns minutos, ninguém falou. Alice pensou: «Não compreendo como poderá ela acabar, se ainda não começou.» Mas esperou com paciência.

— Em tempos — disse a Falsa Tartaruga por fim, soltando um suspiro profundo — fui uma tartaruga verdadeira.

A estas palavras seguiu-se um longo silêncio, interrompido apenas por exclamações ocasionais do Grifo e pelos soluços constantes da Falsa Tartaruga. Alice esteve prestes a levantar-se e a dizer: «Muito obrigada, minha senhora, pela sua história tão interessante», mas não pôde deixar de pensar que alguma coisa se seguiria, e continuou sentada, sem articular palavra.

— Quando nós éramos pequenos — disse por fim a Falsa Tartaruga, já mais calma, embora com um soluço de vez em quando — fomos para a escola no mar. A professora era uma velha Tartaruga... Costumávamos chamar-lhe Tortaruga...

— Porquê? — perguntou Alice.

— Porque ela tinha a cabeça torta. És mesmo aborrecida! — exclamou a Falsa Tartaruga, zangada.

— Devias ter vergonha de fazer uma pergunta insignificante como essa! — acrescentou o Grifo.

Ambos ficaram sentados em silêncio, a olhar para Alice, que tinha vontade de enfiar-se pelo chão abaixo. Por fim, o Grifo disse à Falsa Tartaruga:

— Continua, velha amiga! Não vamos passar o dia todo nisto!

E a Falsa Tartaruga continuou:

— Sim, íamos à escola no mar, embora possas não acreditar...

— Eu nunca disse que não acreditava — interrompeu Alice.

— Disseste, sim senhora! — disse a Falsa Tartaruga.

— Cala-te! — ordenou o Grifo, antes que Alice pudesse voltar a falar.

A Falsa Tartaruga prosseguiu:

— Fomos educados da melhor maneira... De facto, íamos à escola todos os dias...

— Eu também vou à escola todos os dias – disse Alice. – Não é preciso envaideceres-te tanto com isso.

— E tinhas disciplinas suplementares? – perguntou a Falsa Tartaruga ansiosamente.

— Tinha. Aprendíamos Francês e Música – respondeu Alice.

— E Lavagem de Roupa? – perguntou a Falsa Tartaruga.

— Claro que não! – respondeu Alice, indignada.

– Ah! Então a tua escola não era lá muito boa! – disse a Falsa Tartaruga, muito aliviada. – Na nossa, vinha sempre no fim da conta: «Francês, Música e *Lavagem de Roupa* – Disciplinas Suplementares.»

– Se viviam no fundo do mar, não precisavam assim tanto disso – interrompeu Alice.

– Eu não tive possibilidades de aprender – disse a Tartaruga, com um suspiro. – Segui apenas o curso normal.

– Em que consistia? – inquiriu Alice.

– Reler e Escrevinhar, é claro, para começar – respondeu a Falsa Tartaruga – e depois os diferentes ramos da Aritmética: Ambição, Distracção, Desfeamento e Escárnio.

– Nunca ouvi falar de «Desfeamento» – atreveu-se a dizer Alice. – O que é?

O Grifo levantou as patas num gesto de admiração e exclamou:

– O quê? Nunca ouviste falar de desfear? Não sabes o que é embelezar?

– Sei – respondeu Alice, um pouco hesitante. É tornar qualquer coisa mais bonita.

– Bem, nesse caso, se não sabes o que quer dizer desfear, és estúpida – concluiu o Grifo.

Alice não ficou com vontade de fazer mais perguntas, por isso voltou-se para a Falsa Tartaruga e inquiriu:

– E que mais aprendeste?

– Bem, tínhamos aulas de Mistério – prosseguiu a Tartaruga, contando pelos dedos. – Mistério Antigo e Moderno, com Aquariografia, Rabiscar... O professor era um velho congro, que costumava aparecer uma vez por semana. Ensinava-nos Rabiscar, Espreguiçar e Desmaiar.

– Como era *isso*? – perguntou Alice.

– Bem, eu não posso exemplificar – disse a Tartaruga. – Sou muito desajeitada. E o Grifo nunca aprendeu.

– Não tive tempo – atalhou o Grifo. – Mas estudei assuntos clássicos. O professor era um velho caranguejo.

– Eu nunca fui aluna dele – disse a Falsa Tartaruga com um suspiro. – Ele ensinava Riso e Desgosto, segundo diziam.

– É verdade, é verdade – confirmou o Grifo, suspirando por sua vez.

E ambos esconderam a cara nas patas.

– E quantas horas de aulas tinham por dia? – perguntou Alice, desejosa de mudar de assunto.

– Dez horas, no primeiro dia, nove no segundo, e assim sucessivamente – respondeu a Falsa Tartaruga.

– Que horário tão estranho! – exclamou Alice.

– As aulas iam diminuindo de dia para dia – explicou o Grifo.

Esta ideia era inteiramente nova para Alice. Por momentos ficou a pensar e por fim disse:

– Nesse caso, o décimo primeiro dia era feriado, não é verdade?

– Claro que era – respondeu a Falsa Tartaruga.

– E o que faziam no décimo segundo? – perguntou Alice com ansiedade.

– Já chega de aulas por agora – interrompeu o Grifo num tom decidido. – Conta-lhe qualquer coisa sobre os divertimentos.

X

A DANÇA DAS LAGOSTAS

A Falsa Tartaruga suspirou profundamente e passou as costas da pata pelos olhos. Olhou para Alice e tentou falar, mas por instantes dois soluços entrecortaram-lhe a voz.

– É como se ela tivesse um osso atravessado na garganta – disse o Grifo.

E começou a abaná-la e a dar-lhe palmadas nas costas. Por fim, a Falsa Tartaruga recuperou a voz, e, com as lágrimas a correrem-lhe pelas faces, continuou:

– Talvez nunca tenhas vivido no fundo do mar... – («É verdade que não», pensou Alice.) – E talvez nunca tenhas sido apresentada a uma lagosta...

Alice começou a dizer:

– Uma vez provei... – Mas calou-se a tempo e rematou: – Não! Nunca!

– ... por isso não fazes ideia como a Dança das Lagostas é uma coisa maravilhosa!

– Realmente não faço! Que espécie de dança é? – perguntou Alice.

– Ora, primeiro forma-se uma fila ao longo da costa... – explicou o Grifo.

– Duas filas! – interrompeu a Falsa Tartaruga. – De focas, tartarugas, salmões, etc. Depois, quando acabamos de tirar todas as alforrecas que há no caminho...

— O que em geral leva algum tempo – atalhou o Grifo.
— ... dá-se dois passos para a frente...
— Cada um com uma lagosta por par! – exclamou o Grifo.
— Claro! – disse a Falsa Tartaruga. – Dá-se dois passos para a frente, muda-se de par...
— ... muda-se de lagosta, e retiramo-nos pela mesma ordem – continuou o Grifo.
— Depois – acrescentou a Falsa Tartaruga – atiram-se as lagostas...
— As lagostas! – gritou o Grifo, dando um salto no ar. – ... Atiram-se o mais longe que se puder...
— Nada-se atrás delas!
— Dá-se uma cambalhota no mar! – exclamou a Falsa Tartaruga, fazendo cabriolas.
— Muda-se de par outra vez! – gritou o Grifo.
— Volta-se para terra, e acaba a primeira figura – disse a Falsa Tartaruga, baixando de repente o tom de voz.

E as duas criaturas, que durante todo este tempo tinham andado a saltar como loucas, sentaram-se outra vez e olharam para Alice com um ar desolado.

— Deve ser uma dança muito bonita – disse Alice, um pouco intimidada.
— Gostavas de assistir? – perguntou a Falsa Tartaruga.
— Se gostava... – respondeu Alice.
— Então, vamos experimentar a primeira figura! – disse a Falsa Tartaruga para o Grifo. – Podemos passar sem as lagostas, sabes. Qual de nós é que canta?
— Oh, cantas *tu* – disse o Grifo. – Eu já me esqueci da letra.

Então começaram a dançar em volta de Alice, com grande solenidade, pisando-lhe os pés de vez em quando, sempre que se aproximavam demasiado. Agitavam as patas dianteiras para marcar o compasso, enquanto a Falsa Tartaruga cantava, muito lentamente e com um ar tristonho:

«*"Não podes andar mais depressa?"*, perguntou a pescadinha ao caracol.
*"Vem uma toninha atrás de nós e está a pisar-me a
cauda.*

*Vê como as lagostas e as tartarugas nadam depressa.
Estão à espera nos rochedos... Porque não vens dançar?
Vens ou não? Vens ou não? Vens ou não vens dançar?
Vens ou não? Vens ou não? Vens ou não vens dançar?*

*Não calculas como é delicioso
Atirarem-nos para o mar como fazem às lagostas!"*
Mas o caracol disse: *"É muito longe, muito longe!"*,
e olhou desconfiado.
*Agradeceu à pescadinha e disse que não iria.
Vens ou não? Vens ou não? Vens ou não vens dançar?
Vens ou não? Vens ou não? Vens ou não vens dançar?*

*"Que interessa que seja longe?", disse a amiga pescadinha.
"Do outro lado também há costa.
Quanto mais nos afastamos de Inglaterra, mais nos aproximamos de França...
Por isso, não temas, amigo, junta-te à dança.
Vens ou não? Vens ou não? Vens ou não vens dançar?
Vens ou não? Vens ou não? Vens ou não vens dançar?"»*

– Muito obrigada, é uma dança muito interessante – disse Alice, muito contente por aquilo ter acabado. – E gosto tanto da canção da pescadinha!

– Ah, quanto às pescadinhas – disse a Falsa Tartaruga – calculo que já as tenhas visto, não é verdade?

– Sim – respondeu Alice –, já as vi muitas vezes ao Jan...

Calou-se a tempo.

– Não sei onde fica o Jan – disse a Falsa Tartaruga –, mas se já as viste muitas vezes, sabes como são.

– Creio que sim – respondeu Alice, pensativa. – Têm o rabo na boca... E estão cobertas de pão ralado.

– Estás enganada acerca do pão ralado – disse a Falsa Tartaruga. – O pão ralado desfaz-se na água do mar. Mas é verdade que têm o rabo na boca, e a razão é...

Nesta altura, a Falsa Tartaruga bocejou e fechou os olhos.

– Diz-lhe qual é a razão por que isso acontece... – disse para o Grifo.

– A razão é que as pescadinhas queriam dançar com as lagostas e atiraram-se ao mar. Mas tiveram que percorrer um longo caminho. Então meteram o rabo na boca com tal força que nunca mais o conseguiram tirar. É isto – explicou o Grifo.

– Muito obrigada – disse Alice. – É muito interessante. Nunca aprendera tanta coisa sobre pescadinhas.

– Posso ensinar-te mais coisas, se quiseres – disse o Grifo. – Sabes para que serve a pescadinha no mar?

– Nunca pensei nisso – respondeu Alice. – Para quê?
– Para as botas e para os sapatos – respondeu o Grifo com grande solenidade.

Alice estava verdadeiramente confusa.

– Para as botas e para os sapatos! – repetiu muito admirada.

– Ora essa, de que são feitos os teus sapatos? – perguntou o Grifo. – Ou melhor, o que os torna tão brilhantes?

Alice olhou para os seus sapatos e ficou um pouco a pensar, antes de responder.

– Creio que é a pomada – disse.

– No mar as botas e os sapatos são feitos com a pele da pescada. Agora já ficas a saber.

– E como os fazem? – perguntou Alice, mostrando-se muito interessada.

– Com a ajuda das solhas e das enguias, claro – replicou o Grifo bastante impaciente. – Qualquer camarão saberia explicar-te isso.

– Se eu fosse a pescadinha – disse Alice, que continuava a pensar nas palavras da canção – teria dito à toninha: «Volta para trás, por favor! Não queremos que venhas connosco!»

– Eles eram obrigados a deixá-la acompanhá-los – atalhou a Falsa Tartaruga. – Nenhum peixe que seja sensato iria fosse onde fosse sem uma toninha.

– Não? – perguntou Alice, muito admirada.

– Claro que não – respondeu a Falsa Tartaruga. – Se um peixe viesse ter comigo e me dissesse que ia fazer uma viagem, eu perguntar-lhe-ia: «Com que toninha?»

– Não estás a confundir *toninha* com *caminho*? – perguntou Alice.

– Sei muito bem o que estou a dizer – respondeu a Falsa Tartaruga mostrando-se muito ofendida.

E o Grifo acrescentou:

– E agora vamos ouvir algumas das *tuas* aventuras.

– Poderia contar-vos as minhas aventuras... desde esta manhã – respondeu Alice com timidez. – Não vale a pena recuar até ao dia de ontem, pois nessa altura eu era outra pessoa.

– Explica-nos tudo isso – pediu a Falsa Tartaruga.

– Não! Não! As aventuras primeiro! – disse o Grifo, impaciente. – As explicações levam tanto tempo!...

E foi assim que Alice começou a contar-lhes as suas aventuras desde o momento em que vira o Coelho Branco pela primeira vez. A princípio, sentiu-se um pouco nervosa, pois os dois animais puseram-se um de cada lado dela e abriam muito os olhos, mas, à medida que avançava, foi ganhando coragem. Os seus ouvintes mantiveram-se muito calados até ao instante em que ela começou a contar que recitara *«Estás velho, pai Guilherme»* para a Lagarta e as palavras tinham saído diferentes. Então, a Falsa Tartaruga respirou fundo e disse:

– Isso é muito estranho!

– É tudo muito estranho! – disse o Grifo.

– Saíram todas diferentes! – repetiu a Falsa Tartaruga, com um ar pensativo. – Gostaria que ela tentasse agora recitar qualquer coisa. Diz-lhe para começar.

E olhou para o Grifo como se pensasse que ele tinha qualquer autoridade sobre Alice.

– Levanta-te e recita *«Esta é a voz do preguiçoso»* – ordenou o Grifo.

«Como os animais dão ordens uns aos outros e nos obrigam a repetir as lições!», pensou Alice. «É como se eu estivesse na escola.» No entanto, levantou-se e começou a recitar, mas tinha a cabeça ainda tão cheia da Dança das Lagostas que mal sabia o que estava a dizer e as palavras saíam muito esquisitas:

«Esta é a voz da lagosta, ouvi-a eu dizer:
"Cozeste-me de mais, tenho de adoçar o cabelo."
Como um pato faz com os olhos, assim ela faz com o nariz
Arranca o cinto e os botões, e volta os pés para fora.»

– É diferente da que eu sabia quando era criança – disse o Grifo.
– Bem, eu também nunca a ouvi, mas parece-me um verdadeiro disparate – disse a Falsa Tartaruga.
Alice não respondeu. Sentou-se e escondeu o rosto nas mãos, perguntando a si mesma se alguma vez voltaria a ser como dantes.
– Gostaria que me explicasses o que isso quer dizer – disse a Falsa Tartaruga.
– Ela não sabe explicar – apressou-se a responder o Grifo. – Continua.
– Mas o que quer isso dizer dos pés para fora? – insistiu a Falsa Tartaruga. – Como *podia* ela voltar os pés com o nariz?
– É a primeira posição na dança – respondeu Alice.
Estava terrivelmente confusa com tudo aquilo e ansiava por mudar de assunto.
– Passa para a quadra seguinte – repetiu o Grifo, impaciente. – Começa assim: «Passei pelo seu jardim...»
Alice não se atreveu a desobedecer, embora tivesse a certeza de que iria sair tudo errado e, com a voz a tremer, continuou:

«Passei pelo seu jardim e reparei, admirada,
Como o Mocho e a Pantera partilhavam uma empada...»

– De que vale estares a repetir tudo isso, se não explicas o que quer dizer? – interrompeu a Falsa Tartaruga. – Nunca ouvi coisa mais confusa em toda a minha vida!

– Sim, é melhor desistires – disse o Grifo.

E, radiante, Alice obedeceu.

– Vamos tentar outra figura da Dança das Lagostas? – sugeriu o Grifo. – Ou preferes que a Falsa Tartaruga cante uma canção?

– Oh, uma canção, por favor, se a Falsa Tartaruga estiver de acordo! – suplicou Alice com tal veemência que o Grifo respondeu, um tanto ofendido:

– Hum, gostos não se discutem! Canta-lhe a «*Sopa de Tartaruga*», velha amiga!

A Falsa Tartaruga respirou profundamente e começou a cantar, com a voz entrecortada de soluços:

«Que bela sopa, tão rica e esverdeada,
À espera numa terrina quente!
Quem não se renderia a tais iguarias?
Sopa do jantar, bela sopa!
Sopa do jantar, bela sopa!
Beeeela soooopa!
Beeeela soooopa!
Sopa do jantar,
Bela, rica sopa!
Bela sopa! Quem se lembra de peixe,
Caça ou outro prato qualquer?
Quem não trocaria tudo por uma tigela desta sopa?
Beeeela soooopa!
Beeeela soooopa!
Sopa do jantar,
Bela, RICA SOPA!»

– O refrão outra vez! – gritou o Grifo.

A Falsa Tartaruga ia começar a repeti-lo quando se ouviu alguém gritar à distância:

– O julgamento está a começar!
– Anda! – disse o Grifo.

E, pegando na mão de Alice, começou a correr, sem esperar pelo fim da canção.

– Que julgamento? – perguntou Alice, enquanto corria, batendo com os pés no chão.

Mas o Grifo limitou-se a responder:
– Anda!

E quanto mais depressa corria, mais ao longe se ouviam aquelas palavras melancólicas trazidas pela brisa:

«Sopa do jantar,
Bela sopa, rica sopa!»

XI

QUEM ROUBOU AS TORTAS?

Quando eles chegaram, o Rei e a Rainha de Copas estavam sentados no seu trono, e uma grande multidão aglomerava-se à sua volta. Era composta por pequenos pássaros e toda a espécie de outros animais, bem como pelo baralho de cartas completo: o Valete estava de pé, na frente deles, acorrentado, com um soldado de cada lado para o guardar; junto do Rei, estava o Coelho Branco, com um clarim numa das mãos e um rolo de pergaminho na outra. Mesmo no centro do tribunal, encontrava-se uma mesa, que tinha em cima um grande prato cheio de tortas. Tinham um aspecto tão delicioso que Alice ficou esfomeada só de olhar para elas. «Quem me dera que o julgamento acabe depressa», pensou, «e sirvam os refrescos!» Mas tal coisa não parecia possível e Alice começou a observar tudo o que havia à sua volta, para passar o tempo.

Alice nunca estivera num tribunal, mas já lera coisas nos livros a esse respeito, e ficou muito satisfeita ao descobrir que sabia o nome de quase todos os presentes. «Aquele é o juiz, por causa da grande peruca», disse com os seus botões.

A propósito, o juiz era o Rei. Usava a coroa sobre a peruca (olhem para o primeiro desenho do livro para verem como era), não parecia sentir-se muito confortável e não se podia dizer que ficasse atraente.

«E ali é a bancada do júri», pensou Alice, «e aquelas doze criaturas (ela era obrigada a dizer "criaturas", porque se tratava de animais de diferentes espécies) creio que são os jurados.» Muito orgulhosa, repetiu esta última palavra duas ou três vezes para si própria, pois pensou – e acertadamente – que muito poucas meninas da sua idade sabiam o seu significado. Contudo, também se podia dizer «membros do júri».

Os doze jurados estavam muito atarefados a escrever em lousas.

– O que estão eles a fazer? – perguntou Alice ao Grifo em voz baixa. – Não têm nada para escrever, uma vez que o julgamento ainda não começou.

– Estão a anotar os seus próprios nomes, com receio de se esquecerem deles antes de o julgamento acabar – respondeu o Grifo, também em voz baixa.

– Que estúpidos! – exclamou Alice em voz alta, indignada.

Mas calou-se imediatamente porque o Coelho Branco disse:

– Silêncio na sala!

O Rei pôs os óculos e olhou à volta com curiosidade, para ver se descobria quem falara.

Alice viu, como se estivesse a espreitar-lhes por cima dos ombros, que todos os jurados tinham escrito «estúpidos» nas lousas, e conseguiu até aperceber-se de que um deles não sabia escrever a palavra e teve de perguntar ao vizinho do lado. «Que grande confusão deve haver naquelas lousas quando o julgamento chegar ao fim!», pensou Alice.

Ao escrever, um dos jurados fez ranger o lápis. Isto era uma coisa que Alice não podia suportar. Por isso deu a volta ao recinto, pôs-se atrás dele e, assim que teve oportunidade, tirou-lhe o lápis. Fê-lo com tal rapidez que o pobre jurado (que era Bill, o Lagarto) nem percebeu o que fora feito dele. Por isso, depois de o procurar à sua volta, viu-se obrigado a escrever com um dos dedos durante o resto do dia, o que não tinha qualquer utilidade pois nada ficava gravado na lousa.

– O arauto que leia a acusação! – ordenou o Rei. Ao ouvir isto, o Coelho Branco deu três toques de clarim, desenrolou o pergaminho e leu o seguinte:

«*A Rainha de Copas fez umas tortas*
  Num dia de Verão.
O Valete de Copas roubou-lhe as tortas.
  Grande glutão!»

– Considerem o vosso veredicto – disse o Rei, dirigindo-se aos jurados.

– Ainda não! Ainda não! – apressou-se a interromper o Coelho Branco. – Há ainda muita coisa a fazer antes disso!

– Chamem a primeira testemunha – disse o Rei.

O Coelho Branco deu três toques de clarim e exclamou:
– Apresente-se a primeira testemunha!

A primeira testemunha era o Chapeleiro. Vinha com uma chávena de chá numa mão e um bocado de pão com manteiga na outra.

– Peço desculpa a Vossa Majestade por trazer isto, mas ainda não tinha acabado de beber o chá quando fui convocado.

– Devias tê-lo acabado – disse o Rei. – Quando começaste?

O Chapeleiro olhou para a Lebre de Março que o seguira até ao tribunal, de braço dado com o Arganaz.

– No dia catorze de Março, segundo creio – respondeu.

– Quinze – corrigiu a Lebre de Março.

– Dezasseis – acrescentou o Arganaz.

– Escrevam isso – ordenou o Rei aos jurados.

Estes, muito zelosos, apontaram as três datas nas lousas e depois somaram os algarismos. Deste modo as datas ficaram reduzidas a uns quantos xelins.

– Tira o teu chapéu! – disse o Rei ao Chapeleiro.

– Não é meu – respondeu o Chapeleiro.

– *Roubado!* – exclamou o Rei, voltando-se para os jurados que no mesmo instante anotaram o facto.

– Eu vendo chapéus – explicou o Chapeleiro. – Não tenho nenhum que seja meu. Sou chapeleiro.

Nesta altura, a Rainha pôs os óculos e começou a mirar o Chapeleiro, que empalideceu e começou a mostrar-se inquieto.

– Presta o teu depoimento e não estejas nervoso, se não, mando matar-te aqui mesmo – disse o Rei.

Esta ameaça não pareceu encorajar a testemunha: continuava a mudar de um pé para o outro, olhando para a Rainha com apreensão, e no meio da confusão, trincou a chávena em vez do pão com manteiga.

Precisamente nesse momento, Alice teve uma sensação muito curiosa, que a confundiu até perceber do que se tratava: estava de novo a começar a crescer. A princípio pensou em levantar-se e sair do tribunal, mas depois decidiu ficar onde estava, enquanto tivesse espaço.

– Preferia que não me apertasses tanto – disse o Arganaz, que estava sentado a seu lado. – Mal consigo respirar.

– Não posso impedi-lo – respondeu Alice com brandura. – Estou a crescer.

– Não tens o direito de crescer *aqui* – disse o Arganaz.

– Não digas disparates! – ripostou Alice, já mais atrevida. – Sabes muito bem que também estás a crescer.

– Sim, mas eu estou a crescer a um ritmo razoável – respondeu o Arganaz – e não desse modo ridículo.

E, levantando-se, muito zangado, atravessou a sala e foi instalar-se do outro lado.

Durante todo este tempo, a Rainha não parara de observar o Chapeleiro e, no momento em que o Arganaz atravessou a sala, disse para um dos funcionários do tribunal:

– Traz-me a lista dos cantores do último concerto!

Ao ouvir isto, o pobre Chapeleiro tremeu tanto que deixou cair os sapatos.

– Presta o teu depoimento – repetiu o Rei, furioso – ou mando-te matar, quer estejas nervoso ou não.

– Sou um pobre homem, Majestade – começou o Chapeleiro, com a voz a tremer. – ... Ainda não tinha começado o meu chá... Há pouco mais de uma semana... E o meu pão com manteiga começava a ficar muito fininho... E o chocalhar do chá...

– O chocalhar de *quê*? – perguntou o Rei.

– Começou com o *chá* – respondeu o Chapeleiro.

– Claro que chocalhar também começa com *C* – disse o Rei com rispidez. – Tomas-me por ignorante, ou quê? Continua!

– Sou um pobre homem – prosseguiu o Chapeleiro – e depois disso a maior parte das coisas começou a chocalhar... Mas a Lebre de Março disse...

– Não disse nada! – apressou-se a interpor a Lebre de Março.

– Disseste, sim senhor! – exclamou o Chapeleiro.

– Eu nego! – insistiu a Lebre de Março.

– Ela nega – disse o Rei. – Deixa essa parte.

– Bem, de qualquer modo, o Arganaz disse... – continuou o Chapeleiro, olhando à roda com ansiedade para ver se o Arganaz também o negaria.

Mas este não negou coisa nenhuma pois dormia profundamente.

– Depois disso – continuou o Chapeleiro –, servi-me de mais um pouco de pão com manteiga...

– Mas afinal o que disse o Arganaz? – perguntou um dos jurados.

– Não me lembro – respondeu o Chapeleiro.

– Mas *tens* de lembrar-te, se não, mando matar-te – disse o Rei.

O infeliz Chapeleiro deixou cair a chávena e o pão com manteiga e pôs um joelho em terra.

– Sou um pobre homem, Majestade – recomeçou.

– O que tu és é um pobre *orador* – disse o Rei.

Nesta altura, um dos porquinhos-da-índia começou a aplaudir, e foi imediatamente reprimido pelos funcionários do tribunal. (Como esta palavra é difícil de compreender, vou explicar-vos como fizeram: meteram o porquinho-da-índia num grande saco de lona, de cabeça para baixo, ataram o saco e depois sentaram-se em cima dele.)

«Ainda bem que assisti a isto» pensou Alice. «Já li tantas vezes no jornal "Houve uma tentativa de aplauso, que foi imediatamente reprimida pelos funcionários do tribunal", e nunca entendi o que queria dizer até este momento.»

– Se é tudo o que sabes, podes descer – continuou o Rei.

– Não posso descer mais – respondeu o Chapeleiro. – Já estou no chão.

– Nesse caso, podes *sentar-te* – respondeu o Rei.

Aqui, um outro porquinho-da-índia aplaudiu, e foi igualmente reprimido.

«Acabaram-se os porquinhos-da-índia!», pensou Alice. «Agora isto vai correr melhor.»

– Preferia acabar o meu chá – disse o Chapeleiro, deitando um olhar ansioso à Rainha, que estava a ler a lista dos cantores.

– Podes ir-te embora – disse o Rei.

E o Chapeleiro saiu do tribunal a correr, sem mesmo calçar os sapatos.

– ... E cortem-lhe a cabeça lá fora – ordenou a Rainha a um dos funcionários.

Mas assim que o funcionário chegou à porta, o Chapeleiro já desaparecera.

– Chamem a testemunha seguinte! – disse o Rei.

A testemunha seguinte era a cozinheira da Duquesa. Trazia o pimenteiro na mão e, ainda antes de ela entrar no tribunal, já Alice adivinhara quem lá vinha, pois todas as pessoas que se encontravam junto da porta começaram de repente a espirrar.

– Presta o teu depoimento – disse o Rei.

– Não! – respondeu a cozinheira.

Inquieto, o Rei olhou para o Coelho Branco, que lhe disse em voz baixa:

– Vossa Majestade tem de interrogar *esta* testemunha.

– Bem, se tenho, tenho mesmo – concordou o Rei com um ar melancólico.

Depois de cruzar os braços e de franzir o sobrolho para a cozinheira a ponto de os olhos quase não se lhe verem, perguntou com um ar grave:

– De que são feitas as tortas?

– De pimenta – respondeu a cozinheira.

– De mel – disse uma voz sonolenta atrás dela.

– Agarrem esse Arganaz! – gritou a Rainha. – Cortem a cabeça a esse Arganaz! Ponham esse Arganaz fora do tribunal! Reprimam-no! Dêem-lhe beliscões! Arranquem-lhe os bigodes!

Durante alguns minutos gerou-se uma grande confusão no tribunal, enquanto o Arganaz era posto lá fora. Quando todos sossegaram, a cozinheira tinha desaparecido.

– Não faz mal! – disse o Rei, muito aliviado. – Chamem a testemunha seguinte.

E, em voz baixa, acrescentou para a Rainha:

– Minha querida, tens de ser tu a interrogar a próxima testemunha. Já me dói a cabeça!

Alice olhou para o Coelho Branco, que examinava a lista, muito ansiosa por saber como seria a testemunha seguinte, «... pois até agora os depoimentos não foram grande coisa!», disse com os seus botões. Imaginem a sua surpresa quando o Coelho Branco anunciou, com a sua vozinha estridente:

– Alice!

XII

O DEPOIMENTO DE ALICE

– Presente! – exclamou Alice, quase se esquecendo, com a excitação do momento, como crescera nos últimos minutos.

Levantou-se com tal rapidez que deu um safanão na bancada dos jurados com a ponta da saia e estes caíram em cima da cabeça da multidão que se encontrava mais abaixo e espalharam-se. Isto fez Alice lembrar-se de um aquário com um peixe vermelho lá dentro, que ela derrubara na semana anterior.

– Oh, *peço* desculpa! – exclamou, desolada.

E começou a apanhá-los tão depressa quanto podia, pois continuava a pensar no acidente com o peixe vermelho, e tinha uma vaga ideia de que se eles não fossem apanhados imediatamente e postos na bancada, morreriam.

– O julgamento não pode prosseguir – disse o Rei com uma voz muito solene – antes de os jurados se instalarem nos seus lugares. *Todos eles* – repetiu com grande ênfase, olhando fixamente para Alice.

Alice olhou para a bancada dos jurados e reparou que, com a pressa, pusera o Lagarto de cabeça para baixo, e que o pobrezinho abanava tristemente a cauda, incapaz de mudar de posição. Pegou nele e pô-lo de cabeça para cima. «Não é que isto tenha algum significado especial», pensou. «O julgamento correria da mesma maneira.»

Assim que os jurados recuperaram um pouco do choque e as lousas e os lápis lhes foram devolvidos, entregaram-se afincadamente à tarefa de escrever a história do acidente, todos excepto o Lagarto que parecia ter ficado demasiado abalado para fazer fosse o que fosse. Ali ficou, de boca aberta, a olhar para o tecto.

– O que sabes deste caso? – perguntou o Rei a Alice.
– Nada – respondeu Alice.
– Nada *mesmo*? – insistiu o Rei.
– Nada mesmo – confirmou Alice.
– Isso é muito importante – disse o Rei, voltando-se para os jurados.

Estes começaram imediatamente a escrever nas lousas, quando o Coelho Branco atalhou:

– Insignificante, é o que Vossa Majestade deve querer dizer.

O Coelho Branco usou de um tom muito respeitoso, mas não deixou de franzir o sobrolho e de fazer caretas enquanto falava.

– Insignificante, claro! Era isso mesmo que eu queria dizer – apressou-se o Rei a admitir.

E continuou, em voz baixa, como se procurasse a palavra que lhe soava melhor:

– Importante... Insignificante... Insignificante... Importante...

Uns jurados escreveram «importante» e outros «insignificante». Alice apercebeu-se disto porque estava mesmo ao pé deles e conseguia ler o que anotavam nas lousas. «Mas não tem importância», pensou.

Nesse momento, o Rei, que estivera ocupado a apontar qualquer coisa no livro, pediu silêncio e leu em voz alta:

– Regra número quarenta e dois: *Todas as pessoas que tenham mais de mil e quinhentos metros de altura deverão abandonar o tribunal.*

Todos olharam para Alice.

– Eu não tenho mil e quinhentos metros de altura! – disse Alice.

– Ai isso é que tens – disse o Rei.

– Tens quase três mil metros de altura – acrescentou a Rainha.

– Bem, de qualquer modo, não saio daqui – disse Alice. – Além disso, não há norma nenhuma: Vossa Majestade inventou-a agora mesmo.

– É a norma mais antiga do livro – teimou o Rei.

– Então deveria ser a número um – disse Alice.

O Rei empalideceu e fechou o livro, à pressa.

– Considerem o vosso veredicto – ordenou aos jurados, com a voz a tremer.

– Ainda há mais depoimentos, com licença de Vossa Majestade – disse o Coelho Branco, dando um salto. – Agora mesmo foi descoberto este papel.

– O que diz o papel? – perguntou a Rainha.

– Ainda não o abri – respondeu o Coelho Branco –, mas parece que é uma carta, escrita pelo prisioneiro a... alguém.

– Deve ser – concordou o Rei. – A menos que tenha sido escrita a ninguém, o que não é vulgar, como sabem.

– A quem é dirigida? – perguntou um dos jurados.

– Não é dirigida a ninguém – respondeu o Coelho Branco. – De facto, não traz nada escrito do lado de fora. Enquanto falava, desdobrou o papel e acrescentou:

– Não é uma carta, é um grupo de versos.

– E a letra é do prisioneiro? – perguntou um outro jurado.

– Não, e isso é o mais estranho – respondeu o Coelho Branco.

(Os jurados mostraram-se confusos.)

– Ele deve ter imitado a letra de alguém – disse o Rei.

(Nessa altura, os jurados voltaram a animar-se.)

– Por favor, Majestade – disse o Valete. – Não fui eu que os escrevi e eles não podem provar o contrário: os versos não trazem assinatura.

– Se tu não os assinaste, isso ainda torna a situação pior – interpôs o Rei. – Se quisesses evitar qualquer confusão, terias assinado como qualquer pessoa que é honesta.

Nessa altura ouviu-se uma salva de palmas geral: fora a primeira afirmação inteligente que o Rei fizera naquele dia.

– Isso *prova* a sua culpa – disse a Rainha.

– Não prova coisa nenhuma! – exclamou Alice. Vocês ainda nem sabem do que tratam os versos!

– Lê-os – ordenou o Rei.

O Coelho Branco pôs os óculos.
– Por onde devo começar, Majestade? – perguntou.
– Começa pelo princípio – respondeu o Rei solenemente. – E vai até ao fim. Depois pára.
Eram estes os versos que o Coelho Branco leu:

«Disseram-me que tinhas ido a casa dela,
  E que lhe tinhas falado em mim.
Ela disse-me que eu era boa pessoa
  Mas que não sabia nadar.

Ele mandou-lhes dizer que eu não fora
  (E nós sabíamos que era verdade):
Se ela insistisse no assunto
  O que seria de ti?

Eu dei-lhe uma, eles deram-lhe duas,
  Tu deste-nos três ou mais;
Eles devolveram-te tudo
  O que já fora meu.

Ora, se ela estivesse
  Envolvida neste caso,
Ela confiar-te-ia a missão
  De os pores em liberdade.

A minha ideia era que tu foras
  (Antes de ela ter este fito)
Um obstáculo que se interpôs
  Entre ele e nós.

Não lhe digas que ela os prefere,
  Pois isto tem de continuar a ser
Um segredo entre ti e mim,
  Que os outros não saibam.»

— Este é o depoimento mais importante que ouvimos até este momento — disse o Rei, esfregando as mãos. — Agora o júri...

— Se algum dos membros conseguir explicar o que isto quer dizer, dou-lhe dez tostões — disse Alice (nos últimos minutos crescera tanto que já não tinha medo de interromper o Rei). — Não acredito que isto queira dizer seja o que for.

Todos os jurados apontaram nas lousas: «Ela não acredita que isto queira dizer seja o que for», mas nenhum deles tentou explicar o conteúdo do papel.

— Se esse papel não tem qualquer significado, tanto melhor. Evita-nos preocupações pois escusamos de tentar procurá-lo — disse o Rei. — Embora eu não saiba qual ele é — prosseguiu o Rei, espalhando o papel dos versos sobre um dos joelhos e olhando-os de soslaio —, parece-me encontrar neles algum significado, apesar de tudo. «... *Mas que não sabia nadar...*» Tu não sabes nadar, pois não? – perguntou ao Valete.

O Valete abanou a cabeça tristemente.

– Acha que tenho aspecto disso? – perguntou. (É claro que *não* tinha, uma vez que era todo feito de cartão.)

– Está bem, até agora – disse o Rei.

E continuou a ler os versos em voz baixa:

– «*E nós sabíamos que era verdade...*» Isto é o júri, claro... «*Eu dei-lhe uma, eles deram-lhe duas...*» Ora isto deve ser o que ele fez com as tortas, sabem?...

– Mas continua com «*Eles devolveram-te tudo o que já fora meu*» – disse Alice.

– Olha, lá estão elas! – disse o Rei com um ar triunfante, apontando para as tortas que se encontravam em cima da mesa. – Nada pode ser mais claro do que isto. Ora voltemos aos versos «... *Antes de ela ter este fito...*» Creio que nunca tiveste fitos, pois não, minha querida? – perguntou à Rainha.

– Nunca! – respondeu a Rainha, furiosa, atirando um tinteiro ao Lagarto enquanto falava.

(O pobre Bill deixara de escrever com o dedo, assim que descobrira que não ficava qualquer marca na lousa. Mas agora apressava-se a escrever, usando a tinta que lhe escorria pela cara abaixo.)

– Então as palavras não se aplicam a ti – concluiu o Rei com um sorriso, olhando à sua volta.

Fez-se um silêncio mortal.

– É uma artimanha! – acrescentou o Rei, ofendido.

Toda a gente se riu.

– Deixemos que os jurados considerem o seu veredicto – disse o Rei pela vigésima vez naquele dia.

– Não! Não! – protestou a Rainha. – Primeiro a sentença, e depois o veredicto.

– Que disparate! – gritou Alice. – Que ideia essa de pronunciar a sentença primeiro!

– Cala-te! – exclamou a Rainha, vermelha de fúria.

– Não me calo! – respondeu Alice.

– Cortem-lhe a cabeça! – gritou a Rainha com quantas forças tinha.

Ninguém se mexeu.

– Quem se importa convosco? – disse Alice (nesta altura já atingira o seu tamanho normal). – Afinal, não passam de um simples baralho de cartas!

Nesse momento, todo o baralho se espalhou pelo ar e veio cair em cima dela. Alice soltou um gritinho de medo e de fúria e tentou bater-lhes. Foi então que deu consigo no banco, com a cabeça no regaço da irmã, que afastava suavemente algumas folhas das árvores que tinham vindo pousar no seu rosto.

– Acorda, Alice, minha querida! – disse a irmã. – Mas que rica sesta dormiste!

– Oh, tive um sonho tão esquisito! – disse Alice.

E contou à irmã, tanto quanto podia lembrar-se, todas as aventuras que acabámos de ler. E, quando acabou, a irmã deu-lhe um beijo e disse:

– Realmente foi um sonho esquisito, minha querida. Mas agora, corre a lanchar. Está a fazer-se tarde.

Então Alice levantou-se e começou a correr, ao mesmo tempo que pensava como fora maravilhoso aquele sonho.

Mas quando ela desapareceu, a irmã deixou-se ficar ali sentada, tranquilamente, de cabeça apoiada na mão, olhando o sol-poente e pensando na pequena Alice e em todas as suas aventuras maravilhosas, até que começou também a sonhar. E foi este o seu sonho:

Em primeiro lugar, sonhou com a pequena Alice, com as mãozinhas desta apoiadas no seu joelho e os olhos vivos e curiosos pousados nos seus... Ouviu até o som da sua voz e viu aquele seu singular gesto de cabeça para afastar a madeixa de cabelo que lhe caía sempre para a cara... E enquanto escutava, ou lhe parecia que escutava, tudo à sua volta ganhou vida e se povoou com as estranhas criaturas do sonho da sua pequena irmã.

A erva alta sussurrou a seus pés quando o Coelho Branco apareceu a correr... O Rato, assustado, atirou-se para o lago mais próximo... Ouviu até o tilintar das chávenas de chá durante o lanche infindável da Lebre de Março e dos seus amigos, e a voz estridente da Rainha condenando à morte os infelizes convidados... Mais uma vez o porco-bebé espirrou ao colo da Duquesa e os pratos se estilhaçaram à sua volta... Mais uma vez o silvo do Grifo, o ranger do lápis do Lagarto na lousa e os guinchos abafados dos porquinhos-da-índia reprimidos encheram o ar, misturando-se aos soluços longínquos da inconsolável Falsa Tartaruga.

Ali ficou sentada, de olhos fechados. Quase acreditou no País das Maravilhas, embora soubesse que, quando voltasse a abri-los, tudo regressaria à enfadonha realidade... Apenas o vento faria sussurrar a erva, e as águas do lago agitar-se-iam com o balouçar dos juncos... O tilintar das chávenas transformar-se-ia no tinir dos chocalhos, e os gritos estridentes da Rainha na voz do jovem pastor... E os espirros do bebé, o silvo do Grifo e todos os outros estranhos ruídos dariam lugar (ela sabia-o) ao barulho confuso da azáfama que reinava no pátio da quinta, enquanto os mugidos do gado à distância substituiriam os soluços profundos da Falsa Tartaruga.

Por fim, imaginou como esta sua irmãzinha seria no futuro, quando fosse crescida; e como conservaria, já na idade madura, o coração simples e adorável da sua infância, e reuniria à sua volta outras crianças, cujo olhar se tornaria vivo e curioso ao ouvirem tantas histórias estranhas, talvez mesmo a história do sonho do País das Maravilhas, de há muitos anos; e como ela se sentiria no meio das suas tristezas simples e encontraria prazer nas alegrias igualmente simples, ao recordar-se da sua própria meninice e dos dias felizes de Verão.

UMA SAUDAÇÃO PASCAL A TODAS AS CRIANÇAS QUE GOSTAM DE «ALICE»

Queridos Meninos

Imaginem, se forem capazes, que estão a ler uma carta a sério, de um amigo a sério, que vocês viram e que parecem ouvir desejar-vos – tal como eu vos desejo de todo o coração – uma Páscoa feliz.

Conhecem aquela sensação deliciosa quando, ao acordarem numa manhã de Verão, com o gorjeio dos pássaros e a brisa fresca entrando pela janela aberta, quando, ainda deitados, sonolentos e preguiçosos, vêem, como que em sonhos, os ramos verdes das árvores acenando ou as águas ondulando sob a luz doirada? É um prazer muito próximo da melancolia, que nos faz vir as lágrimas aos olhos como um belo quadro ou um poema. E não é a mão terna de uma Mãe que arreda as cortinas? E não é a voz suave de uma Mãe que vos obriga a levantar? A levantar e a esquecer, à luz do dia, os sonhos maus que vos assustaram no meio da escuridão, a levantar e a gozar outro dia feliz, não antes de ajoelharem para agradecer ao Amigo invisível que vos presenteia com a maravilha do Sol?

Estas palavras são do autor de histórias como as de Alice? E parecerá esta carta estranha no meio de um livro em que impera o absurdo? Talvez. Talvez alguns me cen-

surem por misturar coisas alegres e graves; outros sorrirão e acharão esquisito que se fale de coisas sérias sem ser na igreja, aos domingos. Mas creio – não, tenho a certeza! – que algumas crianças o lerão com amor e com o mesmo espírito que me inspirou a escrevê-lo.

É que não acredito que Deus queira que se divida a vida em duas metades... Que tenhamos uma expressão grave aos domingos e que achemos despropositado o simples facto de O mencionarmos durante o resto da semana. Acham que ele só gosta de ver pessoas ajoelhadas e de ouvir orações? E que Ele também não gosta de ver os cordeirinhos a saltar ao sol e de ouvir as vozes alegres das crianças rolando no feno? Decerto os seus risos inocentes são tão agradáveis aos Seus ouvidos como o mais grandioso dos cânticos que alguma vez o fervor religioso fez ressoar numa catedral.

E se eu acrescentei alguma coisa àquela reserva de diversão inocente e saudável que existe nos livros infantis, de que tanto gosto, espero poder sempre encará-la sem vergonha nem tristeza (ao contrário com o que acontece com muitos episódios da vida que recordamos!) quando chegar a minha vez de caminhar pelo vale das sombras.

Este sol de Páscoa nascerá sobre vós, queridos meninos, fazendo-vos sentir «a vida em todos os poros» e desejar ir ao encontro do ar fresco da manhã... E muitos dias de Páscoa se passarão antes que o vosso cabelo embranqueça e o vosso corpo fatigado procure a luz do Sol para se aquecer... Mas, mesmo agora, é reconfortante pensar nessa grande manhã em que o «Sol da Justiça nos trará a consolação nas suas asas».

É claro que a vossa alegria não deverá ser menor pelo facto de um dia virem a conhecer uma aurora mais clara do que esta... Quando aos vossos olhos surgirem paisagens mais belas do que o aceno das árvores ou o ondular das águas... Quando as mãos dos anjos vos correrem as corti-

nas e sons mais suaves do que a voz da vossa querida Mãe vos acordarem para um dia novo e glorioso... E quando todas as tristezas, todos os pecados, que ensombraram a vida neste mundo forem esquecidos como os sonhos de uma noite que já pertence ao passado!

O vosso bom amigo
LEWIS CARROLL

Páscoa, 1876

SAUDAÇÕES DE NATAL
DE UMA FADA A UMA CRIANÇA

Menino, se por momentos
As fadas pusessem de lado
As partidas matreiras e os jogos encantados
Seria na época feliz do Natal.

Ouvimos as crianças dizer…
As doces crianças que tanto amamos…
Que há muito tempo, no dia de Natal
Uma mensagem veio do céu.

E agora, quando o Natal chega
Elas recordam-na de novo…
Ecoa ainda o voto feliz:
«Paz na terra aos homens de boa vontade.»

Todos os corações deveriam ser como os das crianças
Onde se acolhem tais convidados celestiais
Pois para elas, na sua alegria,
É Natal durante todo o ano.

Assim, esquecendo por instantes
Partidas e brincadeiras
Desejamos-te, menino,
Um Bom Natal e um Feliz Ano Novo.

Natal, 1887

Apêndice

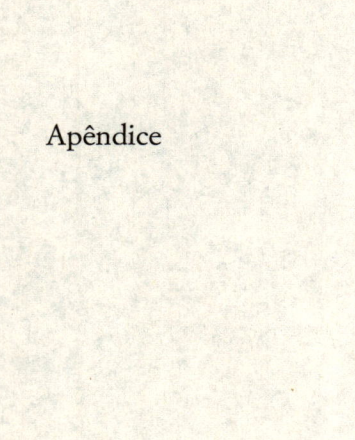

LEWIS CARROLL

Acerca do autor de *Alice no País das Maravilhas* muita coisa se tem dito e se tem escrito. De qualquer modo, existem dados incontestados e incontroversos, e um deles é que Lewis Carroll nunca teria entrado na história da literatura universal se continuasse a ser, apenas, professor de Matemática em Oxford, por mais famoso e por mais importantes que fossem os livros que nesse campo escreveu...

Lewis Carroll nasceu em Daresbury (no Cheshire), Inglaterra, a 27 de Janeiro de 1832, e foi baptizado com o nome de Charles Lutwidge Dodgson. O pai – o Reverendo Charles Dodgson – era pastor protestante e deu ao filho uma educação esmerada, preparando-o para uma carreira igual à sua. O jovem Charles foi para Oxford, onde fez os seus estudos e, em 1855, foi nomeado professor de Matemática na Igreja de Cristo, onde permaneceu até 1881. Aí escreveu *Guia da Geometria Algébrica Elementar* e *As Fórmulas da Trigonometria Elementar*. E aí se tornou amigo do deão Charles Liddell, pai de três meninas, e que, sem o saber, iria ter importância fundamental na carreira de Dodgson: uma das filhas e precisamente Alice, para a qual irão ser escritos *Alice no País das Maravilhas* e *Alice do Outro Lado do Espelho*.

Tímido, introvertido e conservador, Charles Lutwidge Dodgson gostava muito de crianças, e muitas vezes as convidava para passear. Quando viajava de comboio enchia sempre os bolsos de brinquedos, jogos ou paciências, pois, segundo dizia, podia sempre dar-se o caso de entrar alguma criança na carruagem e, assim, já poderia ir entretida o resto da viagem...

Por isso não é de admirar que, no dia 4 de Julho de 1862, Charles Dodgson tivesse convidado as três filhas do seu amigo Liddell – Alice, Lorina e Edite – para um passeio de barco no rio. A meio do passeio as crianças pediram-lhe que contasse uma história. Alice, de sete anos de idade, terá ainda acrescentado: «Isso, isso! Uma história! E com muita maluquice pelo meio!»

Alice e as irmãs eram crianças tipicamente inglesas, criadas no ambiente inglês da *nursery*, onde as amas contavam histórias absurdas, poesias aparentemente sem nexo, que todas as crianças inglesas sabiam de cor. Era a esse absurdo que Alice se referia, ao pedir a Dodgson uma história com muita «maluquice».

E ele começa a história de imediato, enquanto vai remando, nessa tarde quente de Julho. Muitas vezes, durante o passeio, fez tenção de acabar: «E o resto fica para outro dia.» Mas as três meninas nunca o deixaram pôr ponto final na história, e exigiram sempre mais. Eram oito e meia da noite quando, finalmente, voltaram para casa.

Antes de se deitar Charles Dodgson tomou nota da história que tinha contado à sua amiguinha Alice Liddell e, dotado de uma memória extraordinária, escreveu-a quase tal qual a tinha dito. E deu-lhe o título de *As Aventuras de Alice debaixo da Terra.*

Só dois anos mais tarde, ao voltar a lê-la, lhe veio a ideia de a publicar. Mudou-lhe o título para *Alice no País das Maravilhas*, modificou alguma coisa, aumentou vários capítulos (o conto original era, sensivelmente, metade do que veio a ser em livro), inventou personagens, e entregou à editora. Ao texto se juntaram as ilustrações de Sir John Tenniel (que também acompanham esta edição), que obedeceu a todas as indicações que Dodgson lhe ia dando («Alice é uma criatura de fronte pura, alta, com olhos sonhadores e maravilhosos»), menos a uma: Alice era morena, e Tenniel resolveu desenhá-la loira... No final, Dodgson assina o livro com o pseudónimo de Lewis Carroll.

Quando o livro sai, no Natal de 1865, o Reverendo Charles Lutwidge Dodgson, professor de Matemática, tinha-se transformado no escritor Lewis Carroll, e por esse nome iria ser, a partir daí, conhecido no mundo inteiro.

A popularidade de *Alice* é imediata: o livro vende milhares e milhares de exemplares. Uma das suas leitoras mais entusiasmadas foi a própria rainha Vitória, que chamou Lewis Carroll à sua presença. Então lhe diz como tinha gostado de ler o seu livro e pergunta:

– O senhor já escreveu mais algum livro?

– Já, Majestade, já escrevi mais alguns além deste.

– Quero ler todos! Mande-me um exemplar de cada!

No dia seguinte chegava ao Palácio de Buckingham uma enorme encomenda de livros, com todos os tratados de matemática escritos, até então, pelo Reverendo Charles Lutwidge Dodgson.

Lewis Carroll morreu em Guildford (Inglaterra), a 14 de Janeiro de 1898.

«ALICE NO PAÍS DAS MARAVILHAS»

Quando Alice Liddell pediu ao seu amigo Dodgson que lhe contasse uma história «com muita maluquice», estava decerto bem longe de supor o que essa história e essa «maluquice» iriam provocar em gerações e gerações de leitores... Cada leitor tem a sua própria interpretação de *Alice*, cada crítico, cada especialista lhe encontra sempre significados novos e obscuros. Aí reside, de resto, a grandeza de uma obra: ter tantas interpretações diferentes quantos leitores diferentes tiver.

Vamos aqui limitar-nos a dizer que *Alice no País das Maravilhas* é um extraordinário conto de fadas, onde a imaginação reina como senhora absoluta. Aqui é o domínio do absurdo, desse *nonsense* delirante, onde tudo é possível: cartas de jogar discutem com os reis do xadrez, e as duquesas tratam de bebés com cara de leitões. Pelo meio do texto Lewis Carroll intercala versos que, na sua maior parte, são paródias aos versos de autores clássicos que, nessa altura, as crianças inglesas eram obrigadas a aprender de cor.

A história começa quando uma menina chamada Alice, sentada ao pé da irmã, se sente muito aborrecida. Depois há um coelho, cheio de pressa, e umas luvas, e uma chave, e uma porta, e um elixir... e é a aventura sem limites!

Das reacções de Alice Liddell a esta obra-prima que ela inspirou, pouco se sabe. No entanto, parece que Alice Liddell em nada se assemelhava à heroína de Carroll: viveu até 1934, chegando ainda a participar nas festas do centenário de Lewis Carroll, em 1932. Nessa altura assinou o seu nome num exemplar de As Aventuras de *Alice no País das Maravilhas* que pertencia à rainha Isabel II. Fora isso, nada mais fez que a distinguisse em vida e era, segundo dizem, uma pessoa banal e insípida. Por isso, esqueçamos Alice Liddell, e sigamos Alice no seu País das Maravilhas. Alice, a única.

John Tenniel, ilustrador e caricaturista inglês, nasceu a 28 de Fevereiro de 1820, em Londres, e morreu nesta cidade a 25 de Fevereiro de 1914.

Estudou na Royal Academy e foi aluno do célebre Charles Keene, tendo estudado escultura no Museu Britânico. Em 1845, já cego de um olho, foi premiado no concurso aberto pelo Governo para decorar o Parlamento, com o projecto *O Espírito de Justiça*. Uma das suas primeiras obras foi um fresco representando Santa Cecília e que lhe fora encomendado para decorar a capela da Câmara dos Lordes. Trabalhou na redacção do jornal *Punch* e, em 1893, foi armado cavaleiro.

Ilustrou mais de trinta livros e produziu cerca de duas mil e quinhentas caricaturas para o *Punch*. A sua maior glória foram as ilustrações de *Lalla Rookh* de Thomas Moore, em 1861, mas aquilo que o tornou uma figura que se recorda afectuosamente foram as ilustrações que fez para *Alice no País das Maravilhas* e *Alice do Outro Lado do Espelho*.

PORTUGAL EM 1865

Em Dezembro de 1865 (quando é publicada em Inglaterra a primeira edição de *Alice no País das Maravilhas*) reina em Portugal D. Luís, que subiu ao trono em 1861 e por lá ficará até 1889. Era um homem tolerante, de grande cultura (foi um bom tradutor de Shakespeare), mas que preferia a literatura à política... Desde 4 de Novembro desse ano que Joaquim António de Aguiar é presidente do Conselho de Ministros.

É um tempo de grande desenvolvimento na agricultura. É também um tempo em que se nota grande fomento na construção de vias-férreas. Proliferam os jornais, a maior parte deles de vida efémera.

No entanto, a nível cultural, este é o ano da Questão Coimbrã. Em 1865 Antero de Quental publica as suas *Odes Modernas*. Na mesma altura Pinheiro Chagas publica o seu *Poema da Mocidade*. Nesse volume se inclui uma carta de António Feliciano de Castilho elogiando Pinheiro Chagas, criticando os modernos do seu tempo (nomeadamente Antero e Teófilo Braga), e aproveitando a ocasião para sugerir a nomeação de Pinheiro Chagas para leccionar Literatura Moderna no Curso Superior de Letras.

Antero responde violentamente com o seu artigo «Bom Senso e Bom Gosto», e a questão estala. Com Antero estão os jovens, que contestam os valores tradicionais, sociais e literários; do lado de Castilho os que pretendem defender a tradição e os costumes instituídos. É uma polémica acesa, que se prolonga por muito tempo – e que dará origem, alguns anos mais tarde, às célebres Conferências do Casino.

Para lá desta questão, em 1865, Alexandre Herculano participa na redacção final do primeiro Código Civil Português, publicando nesse mesmo ano um volume intitulado *Estudos sobre o Casamento Civil*. No ano seguinte irá para o seu isolamento voluntário de Vale de Lobos.

Camilo Castelo Branco vive, desde há um ano, na sua casa de S. Miguel de Ceide, e faz publicar, nesse ano de 1865, *O Esqueleto* e *A Sereia*.

De resto, este é um período de intensa actividade de Camilo: de 1860 a 1870 escreve trinta e dois romances, e vários volumes de assuntos dispersos!

Júlio Dinis, em 1866, publica *As Pupilas do Senhor Reitor* em folhetins no *Jornal do Porto*. Este livro é no ano seguinte editado em volume.

Literatura para crianças era coisa que ninguém sabia ainda muito bem o que era. Liam-se traduções – e não muitas. A literatura infantil portuguesa irá começar a vislumbrar-se apenas nos finais deste século XIX, com o *Tesouro Poético para a Infância* de Antero, *Os Contos para a Infância* de Guerra Junqueiro e, evidentemente, com a obra e actividade do grande poeta que foi João de Deus. Mas ainda faltam alguns anos para que isso aconteça.